卷1 回秦
尋龍記
無極 著

# 目錄

# 第一章　回秦尋父

光陰似箭，日月如梭。

隨著日子的消逝，人們已經逐漸淡忘了十年前通過時空機器送到古秦的項少龍。

周香媚神色恍惚的站在窗前，外面正是陽春三月的清晨，空氣清新，陽光明媚。

一個十七八歲青年正在窗外的院子裡練習散打功夫，他看上去的年齡要比實際年齡大好幾歲，因長期習武的關係，他的眼睛露出一種堅毅的光芒，又讓人覺著他有無限的心事。

周香媚看著窗外的愛子，眼前又不禁迷茫的想起往事來。

項少龍高大的身形，那堅實的肌肉，和他那雙使任何女人都抗拒不了的魔鬼般的雙手，以及使她消魂纏綿的那個夜晚。都使她黯然神傷。

她雖是一個吧台女郎，和她上過床的男人不知有幾，但自從她相識項少龍後，那放浪的形跡就收斂了起來。

她愛項少龍，甚至願意為他生一個孩子。

望著窗外那堅實的身影，就讓她彷彿看到了項少龍的影子。

現在她已人老珠黃，昔日的浪蕩本錢已經不在了。

唯一能讓她在這人到中年時感到安慰的就是眼前的兒子。

她和項少龍所生的兒子。

唉，少龍，你在哪兒？

「媽，你又在想什麼？」周思龍正拿著條毛巾邊擦身上的汗水，邊朝正在遐想的周香媚走來。

「噢，沒，沒想什麼。」

周香媚從回憶中驚覺過來，目光迷離的看著眼前的愛子。

周思龍已經不知道多少次看到母親這樣的神情了，他知道她有許多事情瞞著自己。

比如自己的父親是誰呢？

因為他從出生那日起就沒有見過自己的父親。

有人說他是個野種，因為他母親曾是個吧女。

他很是氣憤和自卑，在學校裡經常和同學打架，他要用武力維護自己空虛的尊嚴。

或許是繼承了項少龍的個性吧，他也立志要當一個特種部隊的隊員。因此他從小就勤奮練習自由散打和中國硬氣功。現在他的功夫在學校裡人皆知曉。沒有人敢看不起我周思龍了。可是自己的父親又是誰呢？這在他心中還是一個帶著傷痕的結。

周思龍想到這裡，不由得突然急切地道：「媽，我父親到底是誰呢？」

周香妮最害怕周思龍向她提這個問題。

自從科學研究院的時空機器因送項少龍回古秦而爆炸後，中央國防部就封鎖了這個消息，作為國家的高度機密，只有幾個國防部的要員知道。

鄭翠芝現在就是中央國防部的高級女秘書，她自然知道這個秘密。

但周香媚呢？她只能從項少龍和她最令人消魂的那夜，那個項少龍的神秘電話中推測出些什麼來。

鄭翠芝肯定有鬼。

但又有誰相信項少龍是思龍的父親呢？她曾經是個生活放蕩的女人啊！

周香媚心如刀割般看著眼前已經逐漸長大的愛子，她知道他從小就受了萬般的委屈，可幸的是思龍從小就發奮學習，各科成績皆是優秀。

但是叫她怎麼回答兒子的這個問題呢？她也不知道項少龍現在在哪兒啊！

看著周思龍急切而又痛苦的目光，香媚的心都在滴血，咬了嘴唇，沉重的道：「思龍，你相信我嗎？」

周思龍看著因撫育自己而絞盡心血逐漸衰老且憔悴的母親，點了點頭道：「媽，我絕對的相信你。告訴我，我爹是誰？他現在在哪裡？」

周香媚的秀目突地射出兩束仇恨的光芒，恨聲道：「鄭翠芝這個女人應該全都知道。你爹的失蹤，我想和她有關。」

接著又溫柔的道：「你爹呢，叫做項少龍，他是個英雄，是前國家特種部隊隊長，特種部隊裡沒有幾個是他的敵手。」說到這裡，雙眼又迷濛起來！

鄭——翠——芝！

現在該叫作項思龍的目光射出仇恨的光芒來。

我一定要找到你，問出我爹的下落。如果是你害了他，那我就勢必報這個仇。

但是現在怎樣去尋找她呢？

項思龍在放學的路上邊走邊神思著。

「碰」的一聲，項思龍因額角的疼痛驚醒過來，抬頭一看。只見面前站著四五個個頭比自己略矮少許的同學，其中一個正揉著額頭，用兇神惡煞的目光瞪著自己吼道：「你這野小子，沒長眼睛嗎？」

其他的幾個也是一副凶相。

項思龍最是痛恨別人喊他「野小子」，頓時湧起一股無名之火，想也沒想的橫直衝出一拳，正中那叫罵自己的那個身材魁梧，但一副浪蕩樣兒的哥兒的嘴巴。

鮮血頓時從嘴角流出，其他幾個人一見，立把他圍在中心。

一個長髮披肩，臉上長著許多凸凸凹凹的紅肉痘的傢伙凶聲道：「好小子，竟敢出手傷人？兄弟們，給我上，為我們王傑兄弟報仇。」

其他幾人一聽，立時從四方向他猛撲過來。

項思龍雖有一股怨氣，但對付幾個混混亦還是提醒自己小心。

只見他身形一蹬，避過對方的惡攻，接著伸出右腿，圍地一掃，立時有三人跌地。

一個鯉魚打挺翻轉身來後，又朝著那見機得早尚未跌倒的傢伙，身體一個橫衝，飛起一腳，正中那人肚腹，使他連連退後，這餘勢撞到先前那喝罵自己的小子身上。

眾人想不到他如此勇猛，站定後，瞪視著他，那「長髮」又怒又驚道：「好小子，無禮在先，竟還敢出手傷人。你知道你打傷的是誰嗎？中央國防部高級女秘書鄭翠芝的公子。」

說到這裡，眾人皆都神氣起來。

「鄭翠芝的兒子？」項思龍一聽，身軀禁不住震顫起來，驚喜的道。

眾人看到他的怪異神色，以為他畏懼了。哈哈大笑起來。

「不要笑了！」項思龍猛吼道，然後一步步向那被自己打傷的王傑走去。

看到他那凶狂的氣勢，王傑不由得退了一步，懼道：「你想怎麼樣？」

項思龍看到他那害怕的神態，鄙視的笑道：「你真是鄭翠芝的兒子？」

王傑已被他的氣勢所迫，有點驚疑的道：「是又怎樣？你敢打傷我，我媽一定饒不了你。」

項思龍看他內荏外厲的神色，真覺好笑，道：「我不會把你怎麼樣，我只是想見你的母親。」

從熱鬧喧嘩的城市穿過，來到一條兩旁都是林蔭道的路上。

現在正是陽春三月，夕陽的餘光從樹縫裡照射下來，間或有幾聲鳥兒快要歸巢前的鳴叫。

項思龍的心情異常的緊張和興奮。

就快可以知道爹的消息了！

這是他多年所盼的夢想，也是他勤奮努力學習知識和武功的動力。

只要爹一天沒死，我就一定要找到他！

項思龍的決心從來就是這麼堅定的。

正尋思著，不覺已來到一座別墅似的房子跟前。

只見在那花園似的院子裡，一看上去只有三十幾許的少婦正在練著太極拳。她的皮膚看上去還很白嫩，只是額角那淺淺的皺紋仍是掩不去她的衰老。

王傑一見到那少婦，衝上前去，拉著她的手委屈且撒嬌的道：「媽，那小子欺負我。」說完朝著項思龍一指。

那少婦眼裡寒芒一閃，轉過頭來向項思龍望去。

「啊？少龍？」鄭翠芝一見項思龍，心裡猛地一陣震顫，又驚又喜又疑又懼又悲的顫聲道。

「你果然認識我父親！」

項思龍掩去內心的激動，緩緩的走到了鄭翠芝的對面。

鄭翠芝又是一陣驚顫，語氣有些幽怨的道：「你是項少龍的兒子？」

項思龍冷笑道：「是的，伯母。你可認識我父親？他現在在哪？」

鄭翠芝看著眼前酷似項少龍的青年，禁不住雙眼有點模糊的回憶起往事來。

那晚項少龍與黑面神打架，其實她心裡還是喜歡項少龍的，但氣項少龍平時對她總是愛理不理的傲態，且他和酒吧皇后的親熱勁，一怒之下把他推薦給了科學院做試驗品，但事後的結果也是她所料不及的，現在她雖嫁給了黑面神王猛，但在她的私心裡還是一直惦記著項少龍，且有著深深的悔恨。

現在見到項少龍的兒子，也不知是喜還是悲，只覺著心中異常的沉重。

「伯母！我問你呢。我的話你聽見了嗎？」項思龍再次催問道。

鄭翠芝驚覺過來，帶著一種說不出的感情，細細打量著項思龍。

正像他的父親項少龍！

接近兩米的身高，寬肩窄腰長腿，勻稱堅實突起的肌肉，靈活多智的眼睛有著一絲不易覺察的哀愁，高挺筆直的鼻樑，渾圓的顴骨，國字形的臉，配合著一種能使任何女性垂青的傲然氣質。

鄭翠芝的心禁不住心思神往起來。

她多想這樣強健的男性來擁抱自己啊。黑面神王猛已對她失去了往昔的興趣，而現在她又身居要職，不能像常人般放浪形骸，雖有些露水姻緣，但那都是官場上的相互利用而付出的條件罷了。

其實她在性慾這方面已是沒有感情而只有慾望，但現在面對著頂少龍的影子項思龍面前，他那令人陶醉的氣質不覺讓她沉睡的心有點飄飄然了。

她似乎回復了昔日的神彩照人，用迷人的微微一笑對項思龍道：「孩子，到屋裡去說吧。」

王傑似已看出些什麼來，狠狠的望了項思龍一眼，回房去了。

項思龍隨鄭翠芝來到二樓的會客室。室裡靠牆壁的兩側擺著兩排紅色的真皮沙發，正中是一張長形的茶几，上面放著兩隻玻璃的晶白煙灰缸，對面側是兩把紅木椅子和一張小型茶几，茶几上擺著一個裝有鮮花的花瓶。

「坐吧。」鄭翠芝倒了一杯茶水給項思龍，接著道：「唉，你叫我怎麼說呢？這可是軍方的最高機密啊。」

項思龍哀聲道：「伯母，我求你了，告訴思龍吧，我給你跪下了。」

鄭翠芝連忙上前扶起他，並故意把胸部往項思龍堅實的身子碰了碰，又佯喝道：「男兒膝下有黃金，思龍，你怎可如此沒有骨氣呢？」

項思龍心裡一震，旋即平靜下來道：「為了爹，我什麼痛苦都可以忍受。」

鄭翠芝心下暗想，此兒真是毅力驚人。心下算計一番後，有了主意道：「好，我答應告訴你，但你必須答應我一個條件，就是參加軍方特種部隊。」

其實鄭翠芝這麼做是有一番苦心的，因為這麼多年以來，她一直對項少龍有愧意和思念，項思龍既是項少龍的兒子，藉此既可補償一下她對項少龍的悔意，亦可從項思龍身上看到項少龍的影子以解相思之苦。

項思龍不明其意，愣了一下道：「好，我答應你，咱們一言為定。」

項思龍一個人狂奔在郊外的一座山野裡。

天色陰濛濛的，夾著一陣陣初春的寒風，讓人覺著不少的涼意。

項思龍的思緒卻像奔突的火山，燃燒著他的身軀，一點也不覺寒冷。

為什麼老天這麼殘酷？秦國？多麼遙遠的歷史啊。那個可惡的馬瘋子，還有那什麼使時光倒轉的時光機器。去你的，我爹現在究竟在哪裡？在哪裡啊？

項思龍覺著一陣陣的恐懼和憤怒，這種沉重的打擊已經使他那堅強的外表裝在脆弱的憤恨之中了。

不，我一定要尋到自己的父親！

我要振作，我要努力學習武功和去瞭解秦漢歷史。

我要到秦國去尋找自己的父親！

項思龍冷靜了下來，他那堅毅目光給人一種可擊倒天地萬物的感覺。

也正因為他的這種決心，項思龍從此有了他一生浪漫的古代生活。

時間可以掩埋一切，也可以充實一切。

項思龍經過三年的軍方特種訓練，已經顯得更加成熟了，他那堅毅穩重的神色給人一種冷淡的感覺。

三年了，三年艱苦的體能和戰術訓練已經更加充實了這個堅強的少年，這一切艱苦的忍耐都只因他有一種意念——去秦尋父的意念。

「思龍，告訴你一個好消息，軍政部已經決定七天後將舉行一次全國特種部隊的自由搏擊大賽，勝者將由軍政處派去執行一項特別任務。」鄭翠芝興奮的對項思龍說道，並神秘的對他眨了眨那迷人的雙目，「第七軍團裡我推薦了你，」頓了頓又道：「現在你怎樣謝我呢？」

項思龍聽到這個消息也是興奮異常。幾年努力的結果，終於可以去證實一下自己的能力了。

項思龍很難得的微微一笑道：「謝謝芝姐了。」

這是鄭翠芝這幾年裡纏著要他這麼稱呼的。

確實，在這幾年裡項思龍受到了她無微不至的關懷，像母親亦像姐姐。

鄭翠芝似好久沒有看到項思龍笑過，亦或是由此想起了項少龍，神情呆了呆，似有感觸的柔聲道：「思龍，好好把握這個機會。你或許就可以去尋找你爹了。」

原來鄭翠芝看著神情日漸冷漠的項思龍，知道他因思父的沉重壓力，使他逐漸變得怪異了，為了圓自己對他有著複雜感情的項思龍的夢想，狠了狠心，向軍政處提出了二十年前失蹤的項少龍的疑案，並指出為了怕項少龍在中國古秦裡做出改變歷史的事情，需要派一名體能極佳的人去尋回項少龍的提議。於是便有了這次全國自由搏擊賽，不過她對項思龍是充滿信心的。

項思龍似乎呆了一呆，接著身體劇顫起來，聲音有點澀啞的道：「芝姐，你說什麼？這是真的？哈哈……！」邊狂笑邊虜顫著向鄭翠芝走去。

鄭翠芝見著他的狂態又驚又激動，忙上前扶過，拍著他寬厚的肩膀低泣道：「孩子，當然，這是真的。」說到這裡，不由得把思龍堅實的軀體緊緊抱住……沒有慾望的愛沉浸在沉默的時間裡。

熱鬧非凡的日子在項思龍眼中卻是平靜的。

這時他的腦海裡只有一副美麗的遐想畫面。

他感覺著自己似乎看到了自己的父親項少龍，他正騎著一匹高大的純白馬兒，悠閒的奔馳在一望無際的大草原上，身邊成群馬兒正歡快的漫遊著，這時他突然看見遠方的另一個自己正從空中的浮雲裡冉冉的向他走來，頓時躍下馬背，驚喜的向自己呼喊著：「龍兒！龍兒！……」

兩人終於合抱在一起，都喜極而淚下。他輕輕的拍著自己的背脊，像對自己唱著兒歌的說：「龍兒，我終於找到你了。我們以後再也不分開了，再也不分開了，再也不分開了……」

不知什麼時候，自己便睡著了……

項思龍正陷入在這優美的沉思中時，鄭翠芝不知什麼時候走到了他的身邊，拍拍他的肩頭，柔聲著：「思龍，集中點精神，比賽的第一輪開始了。不要讓你爹失望啊！」

項思龍聽到這話，心底猛的一驚，正色道：「謝謝芝姐指點，我一定要奪得冠軍。」

聽著項思龍充滿信心的話語，鄭翠芝沒有說什麼，只握著他的雙手，目光動人的望著他。項少龍定下心來向場中望去，只見場台四周彩旗飄揚，人頭攢動。叫喊聲、口哨聲響成一片，鬧哄哄的，氣氛熱烈非常。

而台上兩人正在你來我往的進行激烈的搏鬥。只見其中一個身材高大卻有點肥胖的軍友，靠著自己力大的優勢，一隻手去隔擋對方擊來的拳勢，而另一隻手以直拳向對方迎面襲出。但對方卻中途縮手，虛身一閃，待對手撲空，飛出一腳正中對方小腿上方五寸處，對手頓感一陣鑽心劇痛，一腳跪地，就此機會一招借力打力，抓住對方手臂向外一摔，頓把對手擊倒在地。

場中氣氛此時更是熾熱非凡。

項思龍亦也暗讚此人很是會審時度勢，隨機應變，以身手的靈巧擊敗對方的蠻力。

時間在熱鬧而又緊張的氣氛中很快的過去。

項思龍在這場比賽中連挫四個對手。

最後只剩一個身高只比他略矮寸許，目光敏銳且充滿機智的年齡約二十三四的青年和他對敵。

原來這場比賽是分兩面進行，實行淘汰制。

而各方則用抽籤的形式確定對手，勝者繼續留戰，兩面各選出連勝四場的好手來作最後的決戰。

關鍵的決戰，我多年來期盼的理想的決戰。

我絕不能敗！

項思龍雙目堅定的看著眼前的勁敵，思量對策。

詐敗誘敵，再出其不意的進行反攻。想到這裡項思龍身形一側，避過對手正面攻擊，再向右連退兩步。

對方一聲大喝，閃身搶前，進步矮身，雙拳照胸擊來。

項思龍再退一步，避過敵拳。

對方果然中計，又是一個箭步向前，右手由下至上成勾拳向項思龍太陽穴猛擊過來。

項思龍叫聲：「來得正好！」

待拳頭離太陽穴只寸許時，整個人往後飛退，就像一拳轟得他離地飛趴的樣子。

台下人人頓然起哄，大叫大嚷。

鄭翠芝自然知道項思龍武功根底，正奇怪他為何只避不攻時，項思龍猛地大喝一聲，衝著對方直衝過來的身形把身子一躍，一招「猴王翻空」，雙腿在空中突地一彈，正好踢中對手胸部。

待得敵人腳步踉蹌，身形未穩之際，項思龍已向他小腹處一陣猛擊，敵手終於站身不住，往後倒去。

這時台下已是哄成一片，都為項思龍剛才的精彩武技齊聲叫好。

我勝利了！

項思龍的心中像被什麼咬住似的雙眼變得發漲。

歷史又在重演了吧。

二十年前項思龍的父親被時空機器送去古秦。

二十年後項思龍又將乘坐時空機器去古秦。

項少龍被送去古秦是為了證明時空機器的功效，項思龍呢？被送往古秦是為了尋找父親項少龍，並且阻止他在古代改變歷史。

因為不管成功失敗，這都是他一生所深切盼望和平生最讓他激動的時刻。

項思龍正被這種異樣的情緒激動著，不覺已被警衛帶到了一個大熔爐似的機器跟前。

這時一個頭髮花白，帶著眼鏡的老頭子走到他跟前，神情興奮而又嚴肅的對項思龍道：「我是馬所長，這兩位是方廷博士和謝枝敏博士。」說著指了指身旁的一男一女。

項思龍心中暗奇。

新聞媒體不是報導二十年前科學院爆炸，所有科研人員全無倖免了嗎？但為何現在他們還活著？

看來消息不實，那是國防部故意製造虛假消息了。是為了防止項少龍事件將引發的恐慌。

因為項少龍具備了比歷史人物多二千多年的文化見識和智慧。如果他想去改變歷史，那後果會怎麼樣呢？

沒有人可以推知。

唯一的辦法就是再派人去古秦尋回項少龍。

經過二十來年的維修和研究。終於研製出了比以前更是先進的時空機器。

這時馬所長又在旁說道：「我想你知道自己這次的任務吧。來，準備執行實驗。」

項思龍躺在金屬箱裡，馬所長又指著他腰部所攜的兩隻金屬儀器說道：「這是返回現在的操縱儀器，使用說明書在你身上。找到項少龍後需迅速返回。」

項思龍鎮定的閉上雙眼，眼前突地一片黑暗，只聽得馬所長一聲令下：「執行實驗。」神志就漸趨模糊起來，只覺著一陣陣的天旋地轉，隨後就什麼都不知道了……

哈，二十年前項少龍，二十年後項少龍的兒子項思龍。

他們先後來到古秦的不同時段。

但是現在，項思龍在這陌生的古代裡，一生的命運又將怎樣開始呢？

# 第二章　初到貴地

項思龍悠悠回醒過來，頓覺全身肌膚疼痛欲裂，駭然驚覺自己正由高空往下掉去。

「蓬！」水花四濺，渾身一片冰涼，項思龍便知道自己已跌落水中，忙閉住呼吸，待身體緩衝後，再緩緩露出水面。

落入眼前的情景禁不住使他大感驚異非常。

原來自己掉入的是一處古城外的護城河裡，只見眼前兀立著一座只有在電影電視裡才見過的古城，城牆頂上站著手持長矛，身穿戰甲的守城兵將。

再挑眼往古城對面望去，只見一堆堆人來車往，都著奇裝異服，叫賣聲，跑喝聲，吵罵聲混成一片。

岸上亦有許多人對著自己這「天外來客」驚叫著，目光盡是驚詫之色。

喔，原來自己已經來到古秦。項思龍心頭頓感覺十分的輕鬆和興奮。

「我終於可以去找我爹了！」項思龍禁不住高喊起來，在眾人駭然的目光中游向岸邊，濕漉漉爬了起來。

眾人看到他狼狽而又怪異的舉動，目中詫異中又露出卑視之色。

項思龍俊臉一紅，忙回過神打量起自己來。

原來自己雖然衣著頗似秦裝卻又諸多不同，他們穿的衣服是上身緊湊而下身寬大，倒頗是同代道士裝束。而自已在河水浸過滿是污濁，看似書生公子又如一介乞丐，倒成了個不折不扣的孔乙己模樣，覺著難堪異常外，又不禁啞然失笑起來。

不知是否心情開暢，還是為解自己醜態，連聲「哈哈」大笑，在眾人驚奇的目光中飄然快步離去。

在茫然的東轉西轉之中，項少龍來到了一偏僻的郊野，找到一條小溪，正待脫下濁衣沖洗，忽聞一陣吵雜喝罵擊打和哭泣之聲，忙站起身來，向發聲處舉目望去。

只見幾個富家僕奴般人正對著二十幾許的青年男子喝罵踢打，而另有幾個正拉拖著一哭泣的少女，旁邊則悠閒站著一公子哥般人物對著眾人指手劃腳。

項思龍一陣憤怒湧上心頭，知道這就是武俠小說中的強搶民女，忙飛步衝奔過去，對著眾人怒吼：「住手！光天化日之下竟敢搶劫民女，你們眼裡還有沒有王法。」

眾人一驚，停住手來。那少女忙朝被眾凶打得面腫眼紅的青年撲去，兩人泣抱一團。

眾人一見是個身體雖魁梧，卻衣著怪異潦倒的窮相少年，均是一陣「哈哈」大笑，其中一對賊眼滑溜溜轉，下巴留有一撮鬍鬚三十好幾的中年文士衝他喝道：「嘿，哪裡來的野小子？憑你這副模樣也想多管閒事？我看你快餓到地府去了，大爺今日高興賞你幾文銅錢，給老子快滾！」說完，朝他扔過幾枚方孔圓形銅板。

眾人見狀，又是一陣大笑，顯是根本沒有把項思龍放在眼裡。

項思龍怒極反笑，再次大喝道：「爾等無知蠢才，竟然不知悔改，看本大爺怎樣教訓你們。」

那公子看他如此狂妄似有些怯意，但一看自己身旁有九個手下，而他只孤身一人，頓然膽壯，對著手下喝道：「此等窮漢，竟然不識抬舉。兄弟們，給我上。」

眾隨從一聽主人指令，分成兩翼包圍之勢，揮動拳腳直向項思龍撲來。

項思龍憤怒之極，身形向後一退，衝著左側撲來之人飛起一腳，踢中敵人下巴，頓然慘叫一聲滾倒在地。

看他如此勇猛，幾人撥出佩刀，揮力向他襲來。

項少龍一看形勢，無可閃避之下就地一滾，一記連環腿就勢擊出。可雖掃倒幾個隨從，肩頭仍被一敵刺中，頓時鮮血直流，忍痛之下順手拾起落地的一把單刀，一式「鯉魚打挺」站直身形，左手向正襲過來一敵揮刀迎擊，右手則衝剛爬起來的敵人猛擊一拳。避過敵勢攻擊之後，一陣箭步忽奔，衝到那公子跟前，一把把他擒住，橫刀往他脖子一架，叫道：「住手！放開那公子和婦人，否則休怪我辣手無情。」

原來這奸滑公子見項思龍如此厲害，計上心來想用這二人要脅項思龍，誰知現在「偷雞不著反蝕把米」，自己給項思龍抓住了呢？

其實，項思龍見那二人受到危險，分了心神，不能痛快擊敵，無奈之餘想到：「擒賊先擒王」之計，於是把這奸公子給提了過來。否則憑這幾個小毛賊又豈是項思龍之敵呢？

想當初自己在軍營裡五六個戰友都非己之敵。項思龍厭恨的看著被自己嚇得雙腳發抖的公子，冷冷的道：「小子，我的話你聽到了嗎？」

那公子哪還顧得了自己顏面，慌忙道：「是，是，小的這就叫他們把二人放了。」旋又朝眾狼狽不堪的手下無力的喝道：「還不放了那位公子和小姐！」

眾人慌聲道稱是。

項思龍推開那公子，冷喝道：「下次不得為惡。否則，讓我看見，一刀劈了你。」

那公子在眾僕護衛之下又來了神氣，雖有些懼意，但雙目狠狠的盯著項思龍，恨聲道：「在下石猛，領教閣下高招，還未問過閣下尊姓大名？」

項思龍看著他那種姿態，心下暗笑，這就是武俠小說中所寫的江湖了。但他本性乃是堅毅之人，只因來秦一下心中高興，倒是回復了其父項少龍的英雄本色，當下傲然道：「在下項思龍。有得本事便找我尋仇罷了，但絕不許傷害那二人。」

石猛心中雖恨極項思龍，但亦不敢表露出來，當下冷聲道：「好，項思龍，咱們青山不改，綠水長流。走！」對著眾手下一陣叫喝，憤憤而去。

項思龍坦然一笑，轉身向那夫婦二人走去。

只見那男的身形高大，幾乎與他相差無幾，容貌清秀，一對眼睛閃閃有神。那女的雖不是國色天香，卻讓他這從未見過古代美女的現代人看得耳目一新，只見她雖不施脂粉，布裙荊釵，但仍掩不住她清秀雅逸的氣質，穿著紅色古服，頭紮綠巾，額前長髮從中間分開各拉向耳邊與兩鬢相交，編成了兩條辮子，兩隻水靈靈的眼睛烏黑發亮。

那少女見項思龍用如此目光打量自己，俏臉一紅，忙垂下頭去，可這羞態，反而更增迷人姿態。

正當項思龍神醉心迷之際，那男的走上前來，目露感激的道：「多謝恩公相救。在下曾範和舍妹曾盈，當永生不忘恩公大德。」

項思龍這現代來的人可不懂其語，但從二人神色亦可推知二人之意，當下微微一笑道：「二位無需客氣，除惡懲奸乃我輩之責。」這些都是他從現代武俠小說裡學來的，想著又不禁失聲笑起。

曾範、曾盈二人顯也不懂項思龍說些什麼，二人臉上均顯迷茫之色。

項思龍頓然明白過來，哈哈一笑。卻見那曾盈目光正柔媚的向自己偷瞟過，又是一陣欣喜和緊張。

項思龍在現代時終究不是風流之輩，雖因他才貌出色，有不少女性追他，但都被他的冷漠之態給拒絕了回去。

但他終是繼承了其父項少龍的風流本性，只是一直壓抑著沒有表露出來罷了。

但來到古秦，他的心性頓被一種特異的情緒激動著，這就是感覺很快能夠見到父親項少龍的心情，精神便也放鬆了許多。

現在見到這古色古香的絕色美女對自己含情脈脈，心底不禁飄飄然起來。

曾盈似乎看出項思龍對她「不懷好意」的異樣神色，雙頰微微一紅，垂下頭去更顯楚楚動人之態。眼前這英俊魁梧的俠義少年已打動了這少女思春的情愫。

曾範看著兩人，微微一笑。

這時項思龍的肚皮突然「咕咕」地響起，原來他來這古秦已經有差不多一整天未吃東西了，又禁不住俊臉一紅。

曾範一聽，看著項思龍那滑稽模樣，爽然一陣大笑，拉過項思龍手臂，道：「項兄弟若不嫌棄，請到舍下一敘如何。」

項思龍想著自己這二十一世紀的人對這古秦言語風俗和政事情況都是一無所知，正好就此機會打聽一下，何況對這曾盈他已心生情意呢？當下以手一拱，身子微微一拂道：「那就打攪兩位了。」

陽光無力地照耀著一所草泥為牆，瓦片為頂、大約十平方的簡陋房子，一邊牆壁掛著帽子，此外就是屋角落一個沒有燃燒著的火坑，旁邊還放滿斧、爐、盆、缽、碗等等只有在歷史博物館才能見到的原始煮食工具，和放在另一側的幾隻大小木箱子，其中一個箱子上面還放著一面銅鏡。

這就是古代貧樸生活的寫照了。項思龍心中微微歎一口長氣，又想起了這些天來與這兄妹二人相處的情形。

他已經逐漸學會了這古秦的言語。曾範也似有意讓他和曾盈相處在一起，總是避在另一處。

又想起曾盈那含羞脈脈，楚楚動人的姿態。項思龍的心不禁熱了起來。

這種生活真是古樸而愜意啊！項思龍的心在興奮之餘又想起了父親項少龍。

唉，爹，你在哪兒呢？

這樣憂憂喜喜的想著，項思龍模模糊糊的睡了。

灼亮的陽光灑在項思龍的臉上，他睜開雙眼，向窗外一望。

喔，已經日上三竿了。

項思龍慌忙起床漱洗一番後，悠閒的散步郊野。

這是一個郊外幽靜的小谷，一道溪水繞著這簡陋的小屋後方流過，兩旁皆是森林古木，雖在這六月炎熱的天氣裡，仍給人一種清爽涼快的感覺。

隱約可見溪前方不遠處，有一白衣少女正在挑水。

項思龍心中一喜，忙快步走去。

只見曾盈一身素白，褲腳高高捲起，露著一雙渾圓修長的美腿，正蹲在溪潭邊拿一對小木桶在潭邊打水。嬌巧的鼻尖上打著小小的圈圈，雙頰通紅，嘴裡略微的喘著小氣。

項思龍看著曾盈嬌弱的動人模樣，心下不禁一陣衝動，真想衝上前去一把將其抱住。

曾盈似乎覺察身後的腳步聲，忙一轉頭，正見項思龍望著自己的灼熱目光，不禁俏臉微微一紅，用一隻白嫩的纖手拂了拂額前已被汗水浸濕的亂髮，嬌羞的道：「龍哥早啊！」

項思龍聞著她身上飄過來少女特有的幽香，心神一陣激蕩，湊到曾盈跟前，目光火辣辣的盯著她，彼此可聞對方喘息。

曾盈粉臉通紅，收回目光，垂下嬌首，不敢再與項思龍正視，輕柔的道：「對了，龍哥，你還沒有用早膳吧？其實飯早就做好了，在鍋裡放著呢。我見你還熟睡著，所以……沒有叫醒你。唉，飯菜可能現在都冷了呢。」

項思龍心中一甜，真想把這個體貼溫柔的美女擁抱在懷裡痛吻個夠，但看著她真摯的目光，不禁強壓心頭衝動，莞爾一笑道：「盈妹，你自己也沒吃過呢？啊，都是我貪睡害得你餓肚子呢，你怎麼一大早就挑水呀？瞧你，累得滿頭大汗，還是我來挑吧。」說完，伸出一隻厚實的大手擦了擦曾盈頭上的汗水。

曾盈顯得有些驚慌，臉如火燒的低聲道：「我……我想抽空挑幾擔水把山西側那塊菜地澆灌一下。這熱天，太陽那麼狠辣，會把菜曬死的呢。反正也不費多少時間，所以……」說著，只覺項思龍的怪手在自己臉上輕輕撫摸，頓時一種異樣感覺襲上心頭，心如鹿撞，渾身發軟，不禁倒入項思龍的懷中，星眸微閉，呼吸急促，面若桃花，嬌態更是惹火。

項思龍半抱著曾盈嬌軀，又不禁一陣意亂情迷，垂下頭去輕吻她柔嫩的臉頰，低聲道：「盈妹，嫁給我好嗎？」

曾盈聽了，嬌軀一陣微顫，只覺一種幸福的熱流湧遍全身，秀目滲出淚水，一把把項思龍緊緊抱住，酥胸急劇起伏。良久，才平靜情緒，輕聲柔語的道：「龍哥，你真的願意娶我嗎？你會不會……真心真意的喜歡我一輩子？」

項思龍聽著佳人輕柔的嬌語，擁著佳人輕柔的嬌軀，只覺情慾暴漲，心神倏地一驚，把曾盈扶直，但目光還是不禁落上她豐滿的胸脯，俊臉一紅，正色道：

「盈妹，你放心，我項思龍不是那種三心二意之人。」

曾盈嬌吟一聲，重又投入項思龍的懷抱，主動獻上香唇，與項思龍痛吻纏綿起來。

其實，項思龍此時又怎麼能想到他以後會有三妻四妾呢？

這一切都是命運冥冥中註定的。

因為項思龍繼承了他父親項少龍俠骨柔腸的個性。

更何況他也長得英俊瀟灑，且還具備了他們這個時代所沒有的二千多年的歷史文化知識與智慧呢？

項思龍已經有好幾天沒有見到曾範了。在這些天裡他和曾盈更是柔情若水，感情急增。

他已經感覺這美女不但貌美如畫，才智更是非同一般常人能及，且她身上也隱約透出一種富貴人家的氣質。

這一天，項思龍禁不住問曾盈道：「看盈妹言行舉止，必非一般貧民百姓，何故居此山林，過如此簡樸生活？」

曾盈似被他觸起無限心事，雙目一紅，悲聲道：「此事說來話長。」

原來這曾範、曾盈兄妹二人原本是楚國一郡縣郡主之子女，秦始皇滅六國之時，他父親曾吉與秦軍誓死抵抗，被秦國大將蒙恬擒獲。他兄妹二人那時年齡尚小，被家將冒死救出，在這大澤鄉山區被一對砍柴為生的夫婦救起，他們無兒無女，於是收養了兄妹二人，家將因傷勢過重含恨而去。於是他們隱名埋姓，前兩年養父養母因年事己高，皆雙雙死去，現今只剩他兄妹二人相依為命。但現在又因秦二世當權，施行暴政，徭役賦稅更是使得民不聊生，因此只得在這深山裡深居簡出。

項思龍聽到這裡，目中怒芒暴射，猛一拍桌，恨聲道：「官逼民反，此等暴君，必義起而毀之。」

曾盈聽得他此等從無人敢想敢說之話，臉色刹白，慌忙道：「龍哥，此言絕對不能說出，是會被殺頭的。」

項思龍冷漠一笑，心煩意亂的沉默無語。

翌日，項思龍和曾盈一起洗過衣物，歡聲笑語的回到陋屋。

推門倏聞有人呻吟之聲，兩人同時一驚，向著發聲處望去。

曾範衣著凌亂的倒在地上，面目青腫，嘴角鮮血直流，渾身發抖。

二人看得大驚，曾盈忙衝上前去，一把抱起曾範，淚如雨下，泣聲道：「哥，你怎麼了？怎麼會這樣。」

曾範努力喘過一口長氣，面色蒼白，有氣無力的啞聲道：「是那石猛小賊和他家兵。」

原來項思龍那日仗義救下曾範、曾盈兄妹二人，那惡公子咽氣不下。這幾天曾範外出想去購些衣服食物回來，誰知今早被那惡公子遇上，便教眾家丁圍攻曾範，他一個人怎是眾人之敵，拚命之下才逃得敵手，但終被打成重傷。

項思龍聽得這話，怒火中燒，咬恨道：「此等惡賊不除，天理何在？我誓為範兄報得此仇！」

曾範、曾盈聽他此話，眼中皆投來感激之色，心底下又為他暗捏一把冷汗。

幾天後，曾範在項思龍和曾盈的護理之下，傷勢逐漸好轉過來。

這還虧得項少龍這二十世紀的「超人」，在特種部隊裡學來的野外受傷自療之術。

這日，天氣明媚，碧空萬里，太陽雖是炎熱，但在這深山的清晨裡讓人仍是覺不到一絲暑意。

三人心情皆是大快，曾範的傷勢已是完全康復。

項思龍突地豪氣沖天的道：「範兄，我們何不就此良日，進城去教訓教訓那小賊呢？」

曾範心情也是大佳，幾日來他看到項思龍和妹妹曾盈的郎情蜜意，高興得了不得。再看到項思龍才智武功均是高明，那種歡欣實在難以用筆墨來形容之。心境高興之餘，也是豪爽道：「對，思龍，我們就進城揍個他媽的石猛烏龜王八蛋。」

這些粗話他都是從項思龍那裡學得，當下二人又是一陣哈哈大笑，只有曾盈含羞似怨的瞪了兄長一眼，又垂下頭去。

曾範看在眼裡，更是感覺一種寫意，當下衝著羞態可見的曾盈道：「等著勝利歸來，就準備你們二人的婚事。」

當下說得項思龍、曾盈二人均是俏臉一紅。

三人有說有笑的走在下山的道路，朝著還在延綿不絕的山區外的大澤鄉市集進發。項思龍感到自從來到這陌生的古代以來，從來沒有過的愉快心情。望著曾盈更是感到老天爺待我項思龍真是不薄，送了個如此如花似玉的女人給他。當下又想到那石猛公子，心中又是一片怒火。

來到山區外的大路時，太陽正值當空。

陽光雖烈，但三人談笑甚歡，皆都渾然不感酷熱。

曾盈更是神采照人，因身心將有所屬，而心愛之人甚是魁梧英俊，才智武功過人，喜翻了心兒，少女的楚楚動人可愛之態盡露無遺，雖走了這許多山路，仍覺輕鬆得很。

車輪擦地的聲音從身側響起，原來是趕集的騾車，載了十多頭白綿羊，車上兩個富家奴僕模樣的漢子，友善地向他們打招呼時，都驚異地打量威武高大的項思龍。

在他們這古代裡，像項思龍般高大的人是甚為少見的，難怪他們都目現詫色了。

項思龍微微向他們點頭一笑時，騾車已絕塵而去。又有數騎快馬飛馳而過，都是古代武士裝束，馬上掛著弓矢劍斧一類的武器，但卻看他們都非軍類。

三人避往道旁。

曾範低聲對項思龍道：「這些武士都是走鏢的。專門負責替商賈運送財帛，是最賺錢的差事。」

項思龍似明白過來的道：「噢，原來他們是鏢局中人。」

曾範、曾盈二人似不知鏢局為何物，莫名的朝項思龍望了望，也沒說什麼。

愈接近市集，路上的人愈多了起來，大多推著單輪的木頭車，車上載著各類貨物，行色匆匆的朝同一方向趕去。

這就是古代的趕集吧，竟也這麼熱鬧，項思龍尋思著。看到眾人，感覺自己比他們都要高半個頭，頓有鶴立雞群的自豪之感。

半個時辰後，不覺到了市集。

四十多幢泥屋、茅寮、石窯不規則的排作兩行，中間形成了一條寬闊的街道。各種農作物和牲口、買賣的人群，擠滿了整條長達半里的泥街，充滿了喜慶節日的氣氛。

項思龍第一次在這古代的氣氛裡，有著一種異樣的感覺。

這就是純樸，不像現代城市那樣充滿廝殺競爭的喧鬧。

突然一陣叱喝聲打破項思龍的沉思。只見二十幾個官兵模樣的漢子，正對著眾買賣的市民大聲喝罵，且不時地隨手取過他們交易的什物。

眾人都是敢怒不敢言，氣在心裡，卻不敢發作出來。

項思龍頓覺一股無名怒火，正想挺身站出，曾範忙拉了一下他的衣角，低聲道：「思龍，此事還是少管為妙。得罪他們我們可是永無寧日了。何況這樣的事情又是屢見不鮮的。我們還有其他事要辦呢。」

項思龍微微一怔，強壓下心中怒火，但總覺心中有一種異樣感覺。

三人就這樣在不愉快的心境中離開市集。

路上，曾範對項思龍歎道：「唉，現在秦二世執政，比秦始皇更是暴厲，他在當朝趙高、李斯等的操使之下，專制獨裁。殘忍無情，驕奢淫逸，任軍橫行，人民已是處在水深火熱之中了。」

項思龍道：「眾臣之中，難道就沒有忠義之輩？」

曾範悲然道：「誰敢違抗秦二世的意思呢？現在奸臣弄權，整個朝廷是一片烏煙瘴氣。他們都只知道為所欲為、予取予求、肆意享樂。」

項思龍心中一片沉重，默然無語。又想起現代的歷史書中寫過正因秦二世的種種昏庸殘暴的統治，以致天怒人怨，農民起義各地紛起，最後劉邦終於推翻秦朝的統治，建立漢朝這事，心中又稍稍釋然下來，突地說：「人民的力量是偉大的。」

可此言出口，身旁的曾範一臉不解，張口問道：「思龍，此言何意？」

思龍一聽曾範所問，愣了一下，但又不能告知今後所發生的事。忙改口道：「曾大哥，沒有什麼意思，是小弟隨口說說而已……」

一路上三人均懷心事，無語。

項思龍為了驅散心中的不快情緒，漫無目的的打量起四周的人和物來。這些古代的人，單從服飾看，便知是來自不同的種族，不論男女，大多臉目扁平，身形矮小，皮膚粗糙，少有曾盈那樣動人的身段和姿色。可是卻又人人淳樸，讓人好感。

突地耳中傳來曾盈惶恐地低聲道：「龍哥，看！前面那群人就是石猛公子他們，他們似乎已注意到了我們，現在怎麼辦呢？」

項思龍此時正是情緒低落之時，聞言精神一振，目光銳利的向前方望去。果然有一群十來個地痞流氓般的彪形漢子，在一間泥屋前或坐或站，眼睛怨毒的瞪著他們那石猛公子就在其中，只是現在換了一批手下。

項思龍心下暗暗驚覺，看來石公子這次是有備而來，自己倒不可大意。當下又低聲向曾盈問道：「在這裡殺人坐不坐牢？」

曾盈愕然道：「什麼是坐牢？」

項少龍心下頓然明白這個時代還沒有「坐牢」這個詞眼，怪笑一下，又用另一種方式道：「就是殺人有沒有人管？」

曾盈明白過來道：「除了自己族人外，誰都不會管。」

項思龍頓時放下心來，暗想像這種惡霸，沒有比用武力更省事的來對付他們了，自己以前在特種部隊學來的防衛手法現在可派上用場了。

正當項思龍心中思量時，那留有一撮鬍鬚的中年文士走上前來，指著項少龍喝道：「臭小子，上次讓你得意，現在你可是插翅難飛了。」

說完朝那些彪形大漢看了幾眼，一臉得意之色。項思龍看著他那狐假虎威的小人嘴臉，心下厭惡，輕蔑的從那夥人臉上掃過，冷冷的道：「手下敗將，也敢逞口舌之利？大爺我今天不把你宰了，我就不叫項思龍。」

那文士顯是心生懼意，往後退了幾步。

項思龍見他那等模樣，心懷大放，仰天大笑道：「爾等鼠輩，放馬過來吧！本少爺今天要狠狠的教訓一下你們。」

看著項思龍那英姿風發的威態，曾盈眼中盡是驕傲溫柔的神色。

這時街上的人紛紛驚覺這裡發生了事情，圍了上來亂哄哄的看熱鬧。

眾惡顯是被他激怒，臉色一變，「鏗鏘」聲中，拔出佩劍。

項思龍慢條斯理的緩緩走出，似絲毫沒把眾人的凶勢放在眼裡，在腰中也拔出曾範送給他的佩劍。

圍觀者皆發出驚叫和歎息，似怪他不自量力，竟以一人之力來敵眾惡，都為他暗捏一把冷汗。

曾範似也有點擔心，正待走出，卻見項思龍把手朝他一擺道：「範兄就請站在一旁看小弟活動活動筋骨吧！」

那些惡賊聽他如此狂傲，都大怒一聲，揮劍從四面朝他猛劈過來。

驚叫聲不絕於耳。

項思龍此時眼觀四面，耳聽八方，只聽他大喝一聲，手中利劍閃電般橫掃而出。

雖然他不善使劍，但在特種部隊嚴格的幾年軍事訓練裡，什麼器物在他手中皆可作為武器，何況他也曾練過現代擊劍之術。

「怦，怦，怦」幾聲劍碰聲響，敵人幾柄長劍都被蕩開，項思龍趁此機會一個箭步搶前，衝著正面兩人，左手一拳重擊在一人面門，同時右腳飛踢在一人下陰處。

兩人頓時應聲倒地，長劍脫手落地。

項思龍又把身體向右一轉，手中長劍直擊右側兩人手腕。

兩敵似料不到他動作如此之快，長劍脫手而出，握劍手腕鮮血在流。

圍觀者齊聲喝采，響聲如雷，顯是平日受夠了這幫流氓的怨氣，覺著今日項思龍之舉真是大快人心。

眾敵看到項思龍如此勇猛，這般敏捷狠辣打法，從未看到，皆都畏懼不前。那石猛公子和那文士見到此等情況心下更是害怕，正想趁眾人混亂之際溜走，曾範搶上前去一頓把他們攔住，冷喝道：「哼，你們想溜？」

原來曾範看到項思龍對付眾敵遊刃有餘，便密切注視他們二人行蹤，見兩人想溜，忙上前阻攔。

項思龍正全力對付眾敵，無暇顧及，聽得曾範之語，心下暗急，對著眾賊喝道：「爾等不怕死的就上來吧！」

眾敵皆已被他氣勢所迫，哪敢上前，圍在他身邊也只是做做氣勢而已。

項思龍心智敏捷，看出眾人神色，森然道：「爾等只是為虎作倀，若願從此向善，少爺就放過你們。滾吧！」

眾流氓其實也只是被石猛重金請來幫助找項思龍出氣而已，當下聽得此語，哪還敢作頑抗，均都作鳥飛獸散。

項思龍走到石猛跟前，想起他曾重傷曾範，心下氣著，狠狠的搧了他一記耳光，冷森森的道：「現在你還逃到哪裡去？我說過要宰了你們的！」

石猛聽得魂魄大散，雙腳直是發抖。但仍硬著頭皮狠聲顫道：「你敢殺我？

我父乃大澤鄉縣令，他絕對不會放過你！」

項思龍聽得心中更是大氣，撥出佩劍一劍刺向石猛腹中，口中大罵：「你等無惡不作之徒，人人得而誅之，死到臨頭，還敢威脅老子！」

看著項思龍殺死石猛，圍觀者驚聲而散，那文士則嚇成一團，跌倒在地。曾盈秀目也嚇得緊閉，別過頭去。

曾範則一怔之餘，臉上沒有任何懼色，只恨聲道：「該殺。」想是他恨極這石猛，也忘了將會帶來什麼後果。

項思龍又抓起那文士，狠狠抽了他兩耳光後，傲然道：「現在就留得你一條小命，回去告訴那石猛之父，其子乃死於項思龍之手。」

說罷，一陣哈哈大笑，盡顯英雄本色。

從此，項思龍也開始了他一生坎坷而又充實的戎馬生涯。

# 第三章　危機四伏

凱旋而歸的勝利接著帶來的危機讓項思龍等三人的心又沉重了起來。

自古以來都是民不與官鬥。

現在他們將面臨的就是官兵的通緝。

因為項思龍殺死了這裡縣令石申的寶貝兒子石猛，他又怎麼會放得過項思龍呢？

項思龍長歎了一口氣，對曾範兄妹二人道：「此事皆我所為，與你們二人無關，我看我還是離開這裡的好，免得連累了你們。」

曾範聽得這話，雙目赤紅的道：「思龍，你把我們看作什麼人了？難道是貪生怕死之輩嗎？此事皆是因我們而起，有什麼事情，我們三人自是同進共退！」

項思龍不覺感動非常，哈哈一陣大笑道：「對！同進共退！管他是生是死，我們就搏一搏吧！」

看著曾家兄妹二人堅毅的目光，項思龍又不覺豪氣頓生，恢復往昔信心了。何況自己還比這古人多二千多年的文化知識呢？重要的是自己還要去尋找父親項少龍，要頑強的在這滾滾紅塵中去拚一拚，做出一番事業，才不枉為大丈夫也！

這時他不禁想到了劉邦。

唉，劉邦，你在哪兒呢？有了你的幫助，我就可以去天下尋找父親！

項思龍的眼睛又不禁迷離起來。

「思龍，行李我們已經準備好了。」曾範、曾盈二人背著幾個包袱，對望著這簡陋茅屋出神的項思龍道。

項思龍似很傷感的說道：「就要離開這親切的地方了，真是難過得很。」

曾盈兩眼一紅，倒入他懷裡，淒然道：「龍哥，待事情平息下來後，我們還是回來住在這裡好不好？」

項思龍看著魂斷神傷的俏佳人，微微點了點頭，沉聲道：「我們一定會回來的！」

這時曾範亦有點難過的對項思龍緩聲道：「思龍，點火吧！」

項思龍沉吟一番後，打起火石，點著了這曾有過溫馨與笑語歡聲的茅屋，虎目悄然留下兩行英雄的熱淚。

再見了，溫暖的家！

夜色蒼茫地籠蓋著大地，遠處的點點燈火，在這漆黑的夜裡興發出微弱的光芒。

項思龍等三人都心情低落，且沉重的蹣跚在這渺渺茫茫坎坷而又曲折的山道之上。

一路都是默然無語，只有四周遠處野狼的嚎叫讓人生出幾許的寒意。

曾盈這柔弱的美少女更是受不住驚嚇，不由自主的往項思龍身上緊靠過來。

項思龍這時雖是心煩意亂，但想著這弱不禁風的少女對自己是如此的依戀和信任，而自己現在縱有通天本事卻也是對眼前危機一籌莫展，要這美女陪自己受這如許苦難之日，心中禁不住難過至極。

唉，自己手中現在要是有支AK四十七機槍就好，那就可以殺他個石申屁滾尿流。自己也就不用如此艱苦的躲躲藏藏了。

但又一想這些都是癡心空想時，禁不住歎了一口長氣。

曾範這時突然道：「思龍，我們現下的行程準備如何打算？」

項思龍這時心神一收，似忽然想到什麼事情似的略帶興奮的問道：「現在是秦朝什麼時候？」

曾範顯是對他這突如其來的問題感到莫名其妙，但仍笑道：「二世元年。」

什麼！二世元年？不就是西元前期二〇九年麼？現在已是六月底了，那不就離陳勝、吳廣的大澤鄉起義只有十幾天了？項思龍憑著他在現代裡對歷史的精研，思想忽然開朗起來。

自己何不就去大澤鄉會會陳勝、吳廣？這樣既可躲避掉這裡泗水郡縣令石申的通緝，又可親眼目睹在秦暴君所統治的年代裡最先反抗的英雄豪傑，到時也許還可一展自己心中才華。

項思龍想到這裡，禁不住哈哈大笑起來，興奮的道：「我們有救了，就走往漁陽的路，去大澤鄉。」

曾範、曾盈二人雖對項思龍的話百思不得其解，但他們都很信任項思龍，他既然如此說來就是有他的道理，何況他們也著實不知道現在該往哪裡去，其實他們哪裡能知項思龍熟悉了他們這個時代的歷史呢？

項思龍現在心情開朗起來，一去當初沉悶之態，雖在這荒山野嶺的逃亡途中，又不禁有說有笑起來。

曾範、曾盈二人似受了他心情的影響，也不覺拋開了心中烏雲。

項思龍這時向曾範問道：「曾兄，對當今之局勢有何感想？」

曾範沉思一番後道：「秦始皇確是一代雄才偉略的梟雄，他統一六國後，政治上，他完善了戰國時期以郡縣為基礎的專制主義中央集權的行政體制和官僚制度，確保了中央集權的統一，且制定了《秦律》，實行了普遍的徵兵制，鞏固了他的政權地位；在經濟上呢，實行了『上農除末』的政策，還修築了馳道、直道、五直道等措施促進了各地經濟文化的交流，且統一了貨幣和度量衡，這些都是他的成功之處。」

頓了一頓，看項思龍正在側耳傾聽，又接著道：「但秦始皇也正是因為這些勝利，以致沖昏了頭腦，不斷推行苛暴政策，實行無限制的賦稅、徭役徵發，再伴以嚴刑峻法，使得民不聊生，奸臣當道。至於秦二世更是驕奢淫逸，唯我獨尊，狂妄自大，貪婪殘暴，刻薄寡思，在奸臣趙高、李斯等的挾持之下，變本加厲的推行暴政，且對宗室貴族和功臣宿將大加殺戮，對那些阿諛逢迎、邪惡奸妄之輩加以重用，使得政權內部眾人也是各懷鬼胎，離心離德，陷於分崩離散的局面，要不是有章邯、李由等手握兵權的大將坐陣，那天下早就有得好戲瞧了。」

項思龍聽得曾範一番精闢論解，擊掌叫好，看出這楚國亡室之後真是大有才智之才，也接口道：「正因為官廷混亂，今天下之勢將是農民起義的時候了。」

曾範一聽，渾身一顫，似是若有所悟卻又不敢深思下去。

哈，這些驕橫跋扈之輩離死期不遠了！項思龍想到這裡，不覺心中大是一番快慰。

一夜的深山逃竄，使得三人皆是疲憊狼狽不堪。

晨曦的微光射向三人身上時，皆都忍不住大笑起來。

原來三人身上都是滿身灰塵，臉上由於汗水的凝流和著那些塵土，都成了一個個大花臉兒。

曾盈的模樣兒更是滑稽，那黑得苦不堪言卻又強忍著的楚楚憐人之態，使得項思龍心下甚是難過，想著這俏美人兒將要隨自己過著這般勞苦的時日，更禁不住神傷魂斷。

我一定要讓她過上好日子！唉，劉邦，你在哪兒呢？爹，你又在哪兒呢？

「思龍，我們找個地方休息一下吧？」曾範打斷他的神思道。

項思龍回過神來，又想到了眼前的現實。

唉，現實真是折磨死人！但苦難可以使一個人更加成熟，且那「天降大任於斯人也，必先勞其筋骨，餓其體膚，增益其所不能」的千古名句更是甚獲其心性。

打量了一下周圍的形勢，只見四周林木高密，野草繁茂，山中霧氣濃重，而遠處似有溪水「嘩嘩」之聲，忙興奮的道：「前面定有小溪！」

這又是他憑藉在特種部隊裡野戰軍訓時得來的經驗，誰知現在又給派上了用場。

三人心中一陣欣喜，曾盈更是歡聲雀躍，隨著項思龍向前尋去。

走過一片坎坷途峭壁山，出了密林，三人眼中頓覺一片豁然開朗。

無數小矮山峰聳峙對立，各種山野植物依地勢分帶兩側，一道泉水由一谷口流出，熱氣騰騰，他們逆流而上，走了不到二百步之遙，便在一株老松環抱間發現了一個闊約五六丈見方的大溫泉。

泉水由紫黑色花崗岩的一些小孔中涓涓流出，看得三人心懷大暢。

曾盈更是一陣歡呼道：「啊，這裡有個大溫泉！」邊叫喊邊向泉邊跑去。

項曾二人也是暗鬆一口長氣，相視一笑。步上泉邊梳洗一番。

三人鬆弛下精神後，在這潭池的高崖處，悠然坐下，欣賞起這遼闊壯麗的山景來。

只見朝陽的晨輝沐浴在這勝景如畫的山野之中，陣陣霧氣在峰巒間飄搖，景色之美，令人心迷神醉。

項思龍這時又不禁發起呆來，想著自己來到這古秦的種種際遇，喜怒哀樂一一掠過心頭。

曾盈這時溫柔的坐近他的身邊，把頭輕靠在他的肩上，輕聲的問：「龍哥，你又在想些什麼？」

項思龍看著身旁這嬌柔的少女，無限心思的低聲歎道：「我們現在迷路了。」

原來他們昨夜經過一陣漫無目的逃奔，現在這荒山野林之中迷失了方向，不知往何方去往大澤鄉。

三人想到這裡，又都沉默下來。

倒是項思龍一陣爽然大笑打破三人沉寂，道：「天無絕人之路。船到橋頭自然直，咱們現下何苦尋這些煩惱來苦了自己，索性在這裡休息下來，睡他個好覺，養足點精力，再去想辦法吧。」

曾範、曾盈二人點頭應是，但心情總是不能平靜下來。

模模糊糊的睡去之後，三人皆因昨晚一夜奔走，勞累之極，醒來時不覺已是天將黃昏。

取出乾糧，三人匆匆吃過，項思龍視察一番地形，決定向東南方向進發。路線雖是定下，但想著還是渺茫的前程，一路上各人均是懷著忐忑不安的心情走在這無人跡的森林裡。

一路上攀高折低，上坡下坡，身邊雖是峰峰成景，景景稱奇，但他們此時已失去了欣賞的心情。

天色不覺又是漸漸暗下，頭頂繁星點點，間或有狼嗥傳來，使眾人心頭更是沉重，在這寧靜的山野之中甚覺危機四伏。

項思龍側耳細聽，發覺狼嗥的聲音集中在東南方的低坡處，心下暗暗稱糟。在眼前這種特殊的情況之下，更覺自己應是沉著冷靜。

終於攀過一處山頭，地勢逐漸平緩，但見前面又是一處森密樹林。密森裡陰森冷暗，不見半點星光，令人睜目如盲，使人只能藉聽覺和感覺來移動腳步。

就在此時，前面突地淒厲的響起一聲狼嗥，三人驚得停了下來，凝神提高戒備，均可聽到對方的呼吸和心跳之聲。

曾盈何曾遇著此等境況，嚇得緊緊握住項思龍的手心，冷汗直冒，臉上驚嚇之色更是可想而知。

項思龍驀地想起野狼怕火光，忙道：「我們三人分別去揀些樹枝來。」但曾盈終是懼怕，非要跟著項思龍。

篝火燃起後，三人均是大鬆一口氣，但都默默無語，曾盈更是坐立不安。

項思龍平靜下來，雙目朝四周一掃，頓覺心神一緊，原來他們所處之地，一邊是懸崖，其他三面都是斜坡，樹木繁茂，此時若竄出幾頭狼來，確非一件鬧著玩的事，頓時凝神戒備。

忽聞耳際傳來一陣均勻呼吸聲，低頭一看，原來曾盈竟靠著他肩頭睡著了。借著火光，看著曾盈那因驚嚇和疲憊的楚楚憐人之態，心下不禁又憐又愛。

突然一陣淒厲狼嗥之聲傳來，令人為之心中一顫。

只聽曾範語氣急切的道：「思龍，你看，狼群！」

項思龍順勢望去，果見十多頭目泛綠光，露著白森森牙齒的野狼，正對著他們虎視眈眈，看得讓人只覺毛骨悚然。

但狼群似怕火光，終是不敢冒然進犯。

項思龍頓時握緊佩劍，準備隨時與狼群搏鬥。

曾盈這時也被吵雜之聲驚醒，秀目微微睜開一看，看到遠處狼群，驚叫一聲，臉色蒼白的撲向項思龍懷中。

項思龍緊緊的抱住這柔弱的心愛女子，輕輕的拍了拍她嬌軟的背部，以示安慰。

狼群和人雙方就這樣對峙起來。

在這種充滿著死亡意味的空氣裡，時間如蝸牛爬行般過去。

狼群似已按捺不住性子，漸漸的逼近火光而來。

在這種生死存亡的絕境裡，只好拚死一鬥了，項思龍心下暗想，不覺升起了視死如歸的鬥志來。

狼群終於忍耐不住，趁著火光暗淡，其中兩隻朝他們快速飛撲而來，如電光火石般衝至。

項思龍忙拔出佩劍，揮空朝狼劈去。

一聲慘嘶之聲劃破山谷的平靜，一隻野狼被項思龍利劍劃破肚皮，滾向山坡，另一隻則被曾範用彎箭射死。

人和狼的戰鬥終於展開了序幕。

眾狼見同伴被殺，似激起了凶性，分散開去，又從四方向他們猛撲過來。

時間再不容許曾範裝上弩箭，忙也抽出佩劍，跟著項思龍向狼群照面劈去。

曾盈依照項思龍吩咐，從火堆中抽出一根燃著的大枯枝，退在一旁。

激戰終於開始了。

但見鮮血激濺，野狼慘號，曾範和項思龍臉上身上渾是狼血，衣服也被眾狼利爪撕得破爛不堪，見肉處條條血印。

這些狼靈動之極，項思龍剛劈飛了一頭野狼，另一頭狼已由右側離地縱起，往他咽喉噬去。

項思龍大喝一聲，猛的飛出右腳，正好踢中惡狼之口，惡狼慘嘶一聲，跌落在地。

曾範因久居山中，狩獵慣了，借著斜坡居高壓下之勢，利劍猛揮。

突地傳來曾盈一聲驚叫，項思龍心神一散，只見一匹野狼正準備向她撲去，忙道：「揮動火把！」

就在他這分神之際，一隻野狼趁機把他撲倒，項思龍急中生智，就地一滾，憑著他的蠻力硬把惡狼拋飛出去，正好撞在一崖石之上。

這時他亦也手臂衣衫盡裂，鮮血直流。

經過一陣慘烈的人狼搏鬥，十多隻狼已是死的死，傷的傷，逃的逃了。

三人頓覺鬆了口氣，都無力的癱倒在地上。

唉，只有希望天色快明，能快點離開這四處危機的深山了。

太陽冉冉的升了起來。

望著這遠處連綿不絕的山峰，三人都覺著了一種生命的絕望。

不知還有多少日子要在這荒無人跡的荒山中度過？項思龍心中一歎。對於眼前這茫不可測的危險命運，他似成了驚弓之鳥。

身上多處傷口流出血水，疼痛難耐，一種虎落平陽的感覺，確是讓他意氣消沉。

但當他看到那嬌弱疲憊驚懼的曾盈時，又不禁湧起了強烈的求生欲望。

不，自己絕不能因此而消沉下去，項思龍心中暗道。自己還有很多的事情要做呢，怎麼能遇險就退卻呢？

心下想來，臉上又恢復了剛毅之色。

項思龍憑著自己在特種部隊的野戰軍訓時學得的自療之術，尋採草藥，替自己和曾範、曾盈二人都在傷處敷上。

三人又拖著疲憊勞累的身體向著莽莽山野前去，一付落拓流浪之態。

雖說是逃亡，但在這山野之中，不時可見溪河縈繞，兼之夏林黃紅交錯，景致極美，倒也稍減三人心中憂慮之感。

黃昏前，他們終於翻過眼前的最後一座高峰，候見一片平原乍現眼簾。

三人都是喜極而悲。

終於走出困境，見到人煙了！

在夕陽淒豔的餘暉下，只見遠處隱約可見梯田疊疊，炊煙嫋之，看來定是村落之類的處所無疑。

三人歡呼著奮力走下高峰，這讓他們回憶淒慘的山峰，幾經艱辛折騰，於天黑時抵達山腳的丘原處，再順著遠處的點點燈光，走了半天，終於見到了村落的輪廓。

三人精神不由得頓然鬆懈下來，想坐在林邊樹下歇息，可一坐下，因多日勞累和渾身外傷，只覺一陣旋昏，都倒地沉沉睡去。

一陣陣的吵雜之聲把項思龍驚醒過來，只覺渾身四肢百骸疼痛難忍。

睜眼一看，卻見自己正躺在一張女性的木榻之上，床右邊擺著一張女人梳粧檯似的桌子，上面放著一些古代少女化妝所用的物品，屋裡有著一種讓人感覺陶醉的香氣。

看來這是哪家小姐所用的香閣了，項思龍苦笑了一下，不見曾範、曾盈他們，心中大急。

正準備掙扎起身時，報門進來一個婢僕模樣的少女，身材修長優美，髮鬟理成兩半彎曲的鉤狀，見項思龍欲起身下床，忙脆聲道：「唉，公子，你的傷勢這般嚴重，不要動了，我叫小翠，有什麼就吩咐奴婢去做好了。」

項思龍也確實是不想動，周身的劇痛使他做任何一個動作都感十分吃力，聽得這話倏又躺下，對這俏婢小翠問道：「我的兩個朋友現在在哪兒？」

小翠見他那滿臉焦慮急切的神色，抿嘴微微一笑道；「公子毋需擔慮，他們二人都在隔屋養傷。」倏又似有點詭秘的笑道：「你這裡是我家小姐的臥房。」

項思龍一愣，接著問道：「這裡是什麼地方？」

小翠驚奇的答道：「我家小姐的臥房啊。」

這一下可弄得項思龍哭笑不得，正好門口又一少女走了進來。

項思龍的目光不由得投射過去，落到那少女的俏臉上，和她秋波盈盈的俏目一觸，心兒只覺一陣狂跳。

想不到這世上還有如許美人。

清水出芙蓉，天然去雕飾。

她的美純出於自然的鬼斧神功，肩如刀削，腰若絹束，脖頸長秀柔美，皮膚幼滑白嫩，明眸顧盼生妍，梨渦淺笑。配以雲狀的髮鬟，綴著明珠的武士服，腳踏著小蠻靴，就算天上下凡的仙女，亦不過如此。

那少女見他目不轉睛的盯著自己，不禁又羞又怒，臉上微微顯出不悅之色。

項思龍俊臉一紅，忙把目光移開。

小翠這時笑道：「小姐，你來了。」忙退身於一旁站立。

那少女似覺項思龍的神態來，臉色稍一緩和，走近來心平氣和的問道：「少俠傷勢感覺怎麼樣了？」

項思龍仍是不敢與她目光相接，掙扎起身道：「多謝小姐救命之恩，在下項思龍將永生沒齒難忘。還斗膽請教小姐芳名？」

那少女見他臉上顯出痛苦之色，忙上前一把扶住他道：「項少俠！」語音之中充滿了關切之情。

他們相距咫尺，彼此可聞到對方的呼吸和身上所溢發出的氣息。項思龍的目光正好落在了她那玲瓏凹凸有致的飽滿酥胸上，禁不住一陣意亂情迷，胡思亂想起來。

那少女俏臉又是一紅，忙把他放下，退後一步道：「項少俠何故流落致此？」

項思龍似又被她的話勾起無限的傷感，當下微微歎了一口長氣道：「唉，此事說來話長。」

於是把他來到古秦的這些時日裡所經歷的事，簡要的敘述了一番。

那少女只聽得目射奇光，又驚又歎，接口道：「那日少俠在市集懲治惡石猛真是大快人心，小女子張碧瑩就在那時也目睹過少俠英姿。」

原來那日張碧瑩正好隨同家丁前去市集購買糧食衣服等物品，恰好見著了項思龍孤身單鬥群賊的情景，心下甚是嘆服和敬仰，再看到項思龍那魁梧英俊的體魄，芳心裡頓時有著一種異樣感覺。待項思龍等離去之後，一直有著一種她自己也不明白的失落之感。

誰知上天竟似有意湊合他們似的，讓她又偶救了項思龍，頓時滿心歡喜之餘，把自己的心事表露無遺，連自己臥房都讓給項思龍，且昨夜為他的傷勢差不多忙了個通宵。

其實張碧瑩救得項思龍也實屬巧合，昨夜她在心煩意亂的困擾之下，叫上奴婢小翠，準備馬車出村，準備到郊野去放鬆一下心情，誰知出村沒多遠，便見著三人倒在村旁地上，忙上前一看，認出項思龍，芳心又喜又驚，顧不得什麼男女有別一類老套思想，抱了項思龍等放在車上急忙回村。

看來這時代的少女比二十一世紀更開放，什麼三步不出國門，身體讓男人碰過便要嫁之為婦等話，都只是穿鑿附會之說，又或是那些儒家大講道德禮教後的事。

忽然張碧瑩似又想起什麼似的，臉色有點焦慮的道：「外面官府正貼出文書通緝你呢！」

這早在項思龍的算計之中，因而他絲毫沒有驚慌之色，只是問道：「情況怎麼樣了？」

張碧瑩似很佩服項思龍這種泰山壓頂而面不改色的鎮定，繼而微笑道：「說起來也真是可笑，他們把城翻了個天，鬧得雞飛狗跳，也還是一無所獲。」

項思龍冷笑一聲道：「這等狗官，只知道魚肉鄉民，毫無統治之方，真是該殺。若教我項思龍一日出頭，定要為民除害。」

那慷慨激昂之態，真是讓張碧瑩神往不已，當下又想起父親張良何不是胸懷大志？只是苦於形勢，英雄尚無用武之地罷了，若他們相見，必是志同道合。

心下想來，又是微微一笑，與項思龍說了些家常閒話後，滿心歡喜的飄然離開。

項思龍知悉曾範、曾盈二人無礙，也就放下心來。又想起大澤鄉之行，自己等身帶傷勢，也不知如何出行時，又是喜憂參半。

倏地想起張碧瑩講起她父親叫作張良，乃舊韓國名將顯貴之後，因避秦王追捕，才隱居致此。

這不正與漢高祖劉邦手下得力謀士張良背景相似嗎？難道她父親就是這個張良？

項思龍心下又驚又喜。

要是他真是劉邦手下的那個張良，那自己跟著他豈不是可以找到劉邦？那時自己就可以走遍天下去尋找父親項少龍了。

想到這裡，項思龍更是興奮不已。

# 第四章　相見恨晚

醒來時，已是黃昏時分。

項思龍精神似回復了很多，人也樂觀和振奮不少。

這幾天還真虧張碧瑩和小翠的悉心服侍，使得他的傷勢恢復很快，已經差不多全好了。

這麼久還沒見曾家兄妹二人，項思龍心下可有些嘀咕了。

晚膳時，張碧瑩神情似有些古怪，好一會後才低聲道：「曾盈姑娘病了，她總是念叨著你的名字。」

項思龍臉微微一紅，大急道：「瑩妹，你怎麼不早告訴我呢？」

在張碧瑩悉心照顧項思龍的這幾天裡，張碧瑩對他那款款情意表露無遺。項思龍豈是鐵石心腸之人？

何況如此美貌女子投懷送抱，他已有點樂得忘乎所以了。

但現一聽曾盈生病，想起這同自己同患難共困苦的讓人憐愛的弱質女子，不由得心中大急起來。

張碧瑩似從沒聽他用如此語氣跟自己說話，雙眼一紅，垂下頭去，頗感委屈的道：「我已經請了大夫為她看病了嘛，已經好多天了，也無大礙，你何必如此……」話未說完，就已淚如雨下了。

項思龍不禁憐意大起，忙安慰道：「好了，碧瑩妹子，算我說錯了話，你在心裡把我狠咒一番罷。」

說完故作滿臉陪不是的無奈之色。

張碧瑩看得他那種怪樣，禁不住破涕為笑地怨道：「我不跟你說了，無賴！走吧，去看看你那寶貝的曾盈妹妹吧！」

項思龍見她還是一股子的醋勁，那種生氣的嬌態更是迷人，禁不住趁張碧瑩不注意時，一把將她抱住，迅速的吻了一下那還帶淚花的俏臉，雙手也在那柔軟的嬌軀一陣撫摸，羞得張碧瑩連連掙扎卻渾身酥軟，用粉拳直垂他的虎背，卻又柔情似水的嗔道：「你壞死了啊，你！」

一臉的無限風情。

項思龍可真不想放開這秀色可餐的尤物，但一想到楚楚憐人的曾盈，只得強抑被撩起的慾火，放開了張碧瑩。

兩人匆匆整理一番自己凌亂的衣服，項思龍隨著張碧瑩走出了這悶了幾天的「小姐閨閣」。

屋外已是暮色蒼濃，頭頂間或有幾顆星星閃動，遠處群山在暮色籠罩之下顯著幾分詫異的神秘。

兩人通過一條兩旁都是園林小築的石板道，不多時就來到西廂的一個房間旁。

屋裡似有人說話的聲音，推門一看，果見曾範和曾盈二人正在細聲低語，那曾盈正躺在床上，臉色煞白，一雙秀目深深的塌陷進去，嘴唇乾裂發白，神色甚是憔悴。

項思龍看得心如刀割，衝上前去憐愛的抱起瘦弱的曾盈，雙目禁不住發紅。

曾盈一見是項思龍，雙目射出欣喜的光來，激動得雙手緊抱住他的虎背，繼而又低泣起來。

曾範看得此況，輕歎了一口長氣，站起轉身輕步走出，他的傷勢看來也已全好。

項思龍用手輕拂過曾盈眼前的髮絲，端詳著眼前這病弱的美女，心中真是又愛又憐。

唉，都是自己讓她受了這許多般的苦來，項思龍暗恨自己真是沒用，連一個女人也保護不好，語帶歉意的道：「盈妹，都是我沒用，沒有盡責保護你。」

曾盈慘然一笑道：「龍哥，你這是說的什麼話？你為我付出的已經夠多了，現在你的傷怎麼樣了。」

項思龍安慰的道：「已經全好了。只是你啊，可要給我好好的養病。」旋壓低聲音道：「我還要你給我生一對兒女呢！」

曾盈聽得俏臉一紅，蒼白的臉上顯出點血色來，羞得佯裝又氣又惱的道：「你想得美啊！人家才不要你呢！」

項思龍聽得美女發嗔，心下又是一番樂趣，抱起曾盈猛的對著她那乾裂發白的小嘴一陣狂吻，似想把心中對這美女的愛一下子都發洩出來。要不是見她病弱，正想與她來個顛鳳倒鸞，同登仙境了。

張碧瑩見著二人卿卿我我之態，心中也不知是什麼滋味，失魂落魄的回到房去，低泣起來。

唉，英雄難消美人恩！

往後的日子可有得項思龍頭痛了。

幾天來項思龍都陪著曾盈，這少女在愛情的滋潤下病情好轉得很快，又像以前一樣能歡聲雀躍了。

曾範也時常過來，三人相談甚歡。

但項思龍總覺心裡有些刺兒。

張碧瑩這幾天都沒有來找他，小翠每次來時都有點臉崩眉豎的埋怨之氣。看來張碧瑩對他和曾盈的親熱勁兒吃醋了。

項思龍苦笑了一下。

自己怎麼去向她解釋呢？說他項思龍兩個女人都愛？還是……

項思龍可也真是有點一籌莫展了。

唉，無論怎樣，自己還是得去看看這救命恩人的。

來到張碧瑩房前，只聽她正在向小翠大發脾氣，似是嫌她端來的茶太燙了。

項思龍遲疑一下，伸手敲門。

小翠開門一看，又驚又喜，張碧瑩一看是項思龍，頓時也平靜了下來，只是杏眼橫瞪，不知是氣他項思龍還是氣小翠。

氣氛頓時尷尬下來，項思龍默默的走上前去，拾起摔在地上的什物。

張碧瑩見了臉上一紅，氣道：「你來幹什麼？不去陪你那曾盈妹妹了嗎？」

項思龍只有心下叫苦，臉上卻是冷漠的道：「張小姐原來火氣如此之大，心中不快就拿東西和下人出氣。」

張碧瑩聽得他語氣，氣得俏臉緋紅，樣似欲哭，卻又咬牙切齒道：「關你什麼事啊？人家又沒拿你出氣。」

項思龍心下暗笑，朝小翠一使眼色，讓她退出。隨後一步跨前，把她摟入懷裡，整個抱住，滾到床上，低頭瞧著她俏秀清甜的臉龐。

張碧瑩頓感渾身發軟，只是象徵性的掙扎了幾下，便軟倒在他的懷裡，驚怒道：「你要幹什麼？」

項思龍柔聲道：「當然是報答我們張大小姐的救命之恩。」

張碧瑩又惱又驚，奮起餘力掙扎，豈知項思龍借勢用胸腿磨擦她敏感的禁地，掙扎反變成似向對方作出強烈反應。

她自認識項思龍以來，還是第一次被他如此輕薄無禮。心雖不忿，但身體卻傳來陣陣銷魂蝕骨的奇異感覺。

項思龍這時在她耳際輕輕的問道：「你還生氣嗎？」

張碧瑩一邊喘息，一邊還是氣道：「我怎麼也要報復你一次。」

項思龍聽她那已沒了半點火藥味的語氣，知道已是前嫌大釋，趁她體內的快感愈趨強烈時，猛吻對方香唇。

張碧瑩嚶嚀一聲，迷失在那種飄飄欲仙的陶醉裡，心中對項思龍所有的忿恨立時都消失得無影無蹤，身體裡只有一種羞人的興奮和快感。

項思龍此時身體裡也只覺一陣火熱，渾身慾火膨脹，手法立時由溫柔轉為狂猛，還帶著少許粗暴。

張碧瑩嬌軀發顫，臉紅如燒，一對秀目差點噴出火來，小口張了開來，不住喘息嬌吟，挺聳的酥胸急促起伏，正是情動如潮。

項思龍終於撤掉了張碧瑩所有的防禦，雙手在她那豐盈的美腿和小腹處肆意愛撫，逐寸挑逗著她那充滿彈力的嫩膚，任何地方都不遺漏。

時間就在這情意濃濃間悄然流逝。

每一寸光陰都被激烈的情火慾流填滿。男女的狂歡和快樂一波又一波的衝擊著他們，神魂顛倒中，他們相互撫摸和緊抱著對方的身體，感受著對方爆炸性的力量和似永無休止的狂猛衝擊，一次又一次攀上靈慾交融的極峰。

從這刻起，張碧瑩就再也不是一個純情少女，而是一個情郎的婦人了。

「思龍，我爹回來了，他說想見見你。」這天張碧瑩興沖沖的闖進項思龍的房間，劈頭劈腦的說道，一見項思龍正與曾盈打打鬧鬧，微微一怔低下頭去，腳步放慢了下來。

項思龍望著她詫異的一笑，走上前去一把將她拉過來，讓她坐在身邊。

張碧瑩俏臉一紅，目光正好與曾盈相觸，見她微笑不語的望著自己，更是羞態嬌嬈。

曾盈這時站起，看著她那神態，心下暗暗竊笑，看來項思龍已把他和張碧瑩的事情告訴了她。

只聽她脆聲笑道：「瑩姐，你既有事與龍哥相商，那小妹暫時退下了。」

說完，身子向張碧瑩微微一拂，二人目光正好再次相接，慌得張碧瑩心下又羞又亂。

待得曾盈退去，張碧瑩狠狠瞪了項思龍一眼，隨後又玉臉霞飛，低聲道：「我把我們的事告訴了我娘，他們都想見見你。」

項思龍捉挾的笑道：「是我們那天的事嗎？」

聽得張碧瑩嗔怒道：「你再敢說？我就殺了你！」

項思龍心中大樂，哈哈一笑道：「那你可就要守寡嘍！」

張碧瑩拿他沒法，又氣又惱的道：「說不過你，油腔滑調的，走吧。在我爹娘面前可要表現好點。」

項思龍怪聲怪氣的道：「遵命！娘子！」

兩人皆是一陣大笑，當下又打又鬧的向張良住處走去。

路上兩旁都是疏落有致的平房，通過一條僻靜的石板小路，赫然可見一座精緻優雅的房舍，前面是一個小園林，林內奇樹異石，花香鳥語，更增了這室內主人清幽雅致的氣氛。

項張二人走進屋內，張碧瑩則一陣風似向後堂歡聲跑去。

美婢則請項思龍坐下，奉上香茗，又姍姍而去，留下他一個人坐在廣闊的大廳裡。

項思龍閒著無聊，環顧四周。

大廳佈置典雅，牆上掛有帛畫，畫的都是宮廷人物，色彩鮮豔。

廳心鋪了張大地毯，雲紋圖案，色彩素淨，讓人看得很是舒服。

看來這張良雅致頗高，確是一智慧高絕之人，難怪他今天能成為劉邦手下得力謀士。

項思龍正神思現古，心中情緒動漾時，身後腳步聲響起，抬頭一看，便見張碧瑩正挽著一中年美婦緩緩向他走來。那中年美婦一雙黑白分明但又似蒙上一層迷霧的動人眸子正冷冷的打量著他，似想穿透他的肺腑。她耳墜上是一玄黃美玉，雲狀的髮髻橫插著一枝金釵，嫩滑的肌膚白裡透紅，眉目如畫，絹裙輕薄，嬌軀散發著濃郁的芳香，最使人迷醉的是她配合著動人體態顯露出來的嬌豔丰姿和成熟迷人的風情。她們身後則是一身形高大，容貌古樸，神色平靜，一對眼睛卻是閃閃有神的差不多四十來歲的中年漢子。

項思龍忙收斂心神，回復他那傲然自信的神態，龍行虎步般來到三人面前，施禮道：「晚輩項思龍拜見伯父伯母。」

那漢子微一點頭，似很欣賞項思龍這種不卑不亢的姿態，悠然走到項思龍面前，坦然道：「項少俠果然是一表人才，乃人中之龍。瑩兒眼光不錯！」

說完一陣爽然大笑，示意幾人坐定後又說道：「聽瑩兒說項少俠曾除奸懲惡，現被官兵通緝，不知今後有何打算？」

項思龍昂然正色道：「現下奸臣當道，王室昏庸，以致弄得民不聊生，我輩中人自是應當義起反抗，死而後已，小侄今後自還是義無反顧的走自己想走的路。」

張良眼中閃過驚異之色，贊許道：「思龍此等豪言壯語，果是大快人心也，那你對當今之勢有何看法呢？」

項思龍頓了頓道：「秦自滅六國以來，便不斷地推行暴政，一方面他的政策措施不但沒有發揮其有益的效應，相反激發了他們政權內部的矛盾和他們同人民之間的矛盾；另一方面，秦滅六國後的各國王室後代都不甘心就此甘休，他們私下培植勢力，等待時機，欲謀變動恢復國土。所以當今天下局勢就是『天下苦秦久矣』，在不久的將來，秦朝必將被滅。」

張良聽得臉上放光，對項思龍的解析大是嘆服，當下接著道：「那你認為奪天下者將為何方人物？」

項思龍想也沒想的接口道：「布衣中人也！」

張良見他說得如此語氣，驚奇的問道：「思龍，你為什麼如此肯定呢？」其實任他張良如何學究天人，怎知頂少龍乃現代中人，悉知他們這個時代的歷史呢？

項少龍知是自己口不擇言露出毛病，當下想了一想，旋又解釋道：「今天下之勢，農民百姓是受秦壓迫最慘重的階層，沉重的賦稅徭役，殘酷的刑罰都使得勞動人民處在流血痛苦的呻吟生活中，他們渴望安定，嚮往和平，現在他們對秦二世失去了任何的幻想，因此他們當中，只要有人仰臂登高一呼，回應之人定當熱如洪潮，秦政滅亡之日亦就不遠了。」

張良只聽得敬佩不已，目射奇光的看著項思龍，對他那大膽的推想簡直是佩服得五體投地，暗想自己真是得了個乘龍快婿，他日定當能叱吒風雲，可得好好的把他把握住，以助自己他日成就大事，當下一陣哈哈大笑道：「果然是英雄出少年。瑩兒，你可找著了個好夫婿啊！」

項思龍一聽，知他已把張碧瑩終身交給自己了，當下跪首便拜道：「岳父岳母在上，請受思龍一拜。思龍定當不負所托，會好好的照顧碧瑩。」

張良見項思龍思想反應如此敏捷，更是老大開懷，高聲喊道：「張方，今晚給我大擺宴席，慶祝思龍和瑩兒的訂婚之喜。」

這時從大廳後方走出一個年紀約在四十許間，臉目予人一種精明感覺的中年漢子，走到張良跟前應聲道：「是！老爺！」

隨後退下。

張碧瑩在那婦人懷中嬌羞不已，只樂得那婦人直盯著項思龍和她淺笑不語，看來對項思龍印象極佳。

張良望著項思龍，忽然又問道：「那思龍對為將之道又有何看法呢？」

項思龍談興大發的道：「天生賢才，自是供一代用之，不患世無人，而患不知人；不患不知人，而患知人而不用，孫子兵法中的『擇人而任勢』就是這麼回事。」

頓了頓又道：「但是為將之道，首要治兵。所謂紀律不嚴，何以能整？非練習擁熟，何以能暇？若非既整且暇，何以能萬戰萬勝而無敵於天下乎？當年長平之戰，白起以少勝多，大敗趙軍，豈不是將兵人人折服，人人聽令？再就是將帥要有足智多謀，賞罰分明，愛撫部屬，勇敢堅毅，樹立威嚴等。若不能做到如此，就不足以為將。」

張良聽得他這份見解，覺得確是妙論，當下又問道：「那麼用兵之道呢？」

項思龍談興更甚，滔滔不絕道：「兵貴精而不在多。用兵之上策乃是用謀取略戰勝敵人。所以善於用兵之人只是使敵人屈服而不是靠交戰，攻佔敵人的城池不是靠強攻，毀滅敵人的國家不是靠久戰，這些都是靠周全的戰略方針。像春秋時期的晉楚城濮之戰，晉勝楚就是運用了正確的戰略戰術，運用謀略爭取了齊、秦二國援助，擊敗楚軍，爭取了中原霸主地位。還有，用兵的原則是，知己知彼，萬能百戰百勝。」

張良聽得更是大為歎止，折服不已，二人均有相見恨晚之意，一直談到太陽下山，張方來叫二人赴宴時，才言猶未盡的結束談話，連張碧瑩母女二人何時離去亦是不知。

# 第五章　忽變風雲

晚上的宴會氣氛自是熱鬧非常。

項思龍和張碧瑩因是宴會主角，不斷的有人向他們道喜。

張良和夫人對道賀眾人也是應接不暇。

曾盈則站在項思龍身旁含笑脈脈的看著自己的愛郎。

只有在項思龍後側一席上有一個武士裝束的華服英偉青年低頭喝著悶酒。

他體形極佳，虎背熊腰，充滿男性魅力。兩眼更是精光閃閃，額頭高廣平闊，眼正鼻直，兩唇緊合成線，有著說不出的傲氣和自負。

只是此時眉宇緊鎖，雙眼極其怨毒的瞪著項思龍，似乎跟他有著深仇大恨般。

只見他帶著醉意走到項思龍面前，冷漠的道：「聽說項兄徒手單鬥十多個彪形大漢，在下韓自成真是大為嘆服，不若擇個吉日良辰，大家切磋切磋，讓在下見識一下項兄雄姿風采。」

項思龍聽出他表面雖是客氣，實則語含諷刺，心中有氣，想道若和你來個自由搏擊，定要打得你變成個腫豬頭，但比其他自己則可能一籌莫展，當下惟有謙虛笑道：「韓兄定是武功蓋世，小弟望塵莫及，怎能夠資格和韓兄切磋，有閒時還要請韓兄指點一二。」

韓自成似料不到他如此反應，哈哈一笑道：「項兄真令在下失望，如此亦不強項兄所難了！」語意盡是輕蔑譏諷。

項思龍心平氣和，瀟灑一笑，拉著張碧瑩的小手，轉身向張良走去。

此時張良正和一三十許歲的粗壯漢子聊天，見著項思龍，忙介紹道：「賢婿，這位就是倉海君馮進，力大無比，隻手能舉起兩百斤石墩而面不改色。」

項思龍忙作拱打過招呼，見這漢子滿臉的鬍腮，眉毛黑而濃，一對三角眼射出的寒光令人不寒而慄，頗有點像現代電影中張飛的模樣，心下不禁驚然。

那漢子亦橫眼一掃項思龍，連聲大笑道：「項兄果然是一表人才，與碧瑩確是郎才女貌，天生一對！」

說得張良連連大笑，替項思龍等說謙讓之話。

這時，張方匆匆的走到張良身旁，把他拉到一邊，低聲連連耳語一番，只見張良臉色連連急變，眼睛不住的向項思龍望來，似有著什麼心事似的。

果然，待張方離去後，張良叫過項思龍，音帶震顫的道：「思龍，大澤鄉陳勝、吳廣起義了！」

項思龍聽後也是一怔，想不到自己還沒趕到大澤鄉，起義就開始了，當下不禁連叫可惜，這等壯舉自己沒有參加。否則可以目睹中國這第一批農民起義的情景了。

張良見項思龍神色古怪，以為他對此也是料所不及，當下又道：「你對這有什麼看法呢？」

項思龍正在沉思之中，聽得這話，脫口而出道：「他們此舉將打響農民起義的第一槍，中國大地上將風雲疾變了。」

張良似不能全懂項思龍的話意，但他見項思龍似早已預見陳勝、吳廣起義似的，忙又道：「那我們現在又該當如何？」

項思龍想了想道：「茲養生息，養兵蓄銳，等待時機，投奔明主。」

張良本也是個心智超人之人，頓時明白過來，項思龍的這番話為他以後不投楚王而投劉邦打下了良好的思想基礎。

張良所處的這個村落，本是當年秦滅韓後，張良為了逃避秦王追捕，帶著家人五百多人逃亡至此隱居發展開來的。

所以張良也就是這個村落的領袖人物。

但張良對故國舊韓懷念甚重，因為他家在韓有著五世為相的榮耀，只是秦滅韓後，也流落致此，所以他一心一意都想著復國大計，暗中培訓了不少忠心不二的武士和在江湖中網羅了不少遊俠豪傑，失意人士等。

這些也全靠他當年逃亡時攜帶了大量父輩留下的黃金珠寶等物，才為今天打下了良好的經濟基礎。

現在看來時機快要成熟了，他多年積累的心血沒有白費，趁這天下局勢動亂之時，是他實施他的復國大計，一展胸中抱負的時候了。

張良望著窗外那七月灼熱的陽光，眼睛裡透出深深的光芒。

這天，項思龍吃過早餐，與張碧瑩一起漫步到了一個可容五六百人操練的龐大練武場，場上正有數百人分作幾批在練習劍術、騎術和射箭。更有人穿上新造的甲冑，任人用各種兵器攻打，試驗其堅實的程度，嘭嘭作響。不過最熱鬧的還是箭靶場，近百武士在旁圍觀，不時爆發出陣陣的喝采聲。那韓自成正在場上演習射箭。

項思龍的表情不覺不自然起來，正想轉身離開，那韓自成卻也是瞧見了他，大聲喊道：「項兄有此雅興來練武場，何不下來表演一下項兄的神技箭術，讓我們一睹項兄風采？」

眾武士也齊聲附和。

項思龍對箭術本是一竅不遠，當下聽得韓自成如此說來，也只得硬著頭皮走上前去，心中卻是把這韓自成十八代祖宗都罵了個底朝天。只見他裝出一絲微笑，道：「韓兄請先演試吧！」

韓自成傲慢的嘴角露出一絲冷笑，目光閃過張碧瑩之時，眼中對項思龍又盡顯怨毒之色，只聽他一陣哈哈大笑道：「那韓某就獻醜了。」

一個沉腰坐馬，把箭架在特別巨型的強弓上，拉弓的手還捏著另兩支箭。

弓弦倏地急響三聲。

三支勁箭一支追著一支，流星般電射而出，第一支正中二百步外箭靶的紅心，接著先後兩支破空而至，硬生生的一箭插入前一箭翎尾處，連成一串。

眾觀者看得如癡如醉，轟然叫好。

項思龍亦也看得目瞪口呆，如此神乎其技的箭術，不是親自看到，怎麼也不肯相信。

自己現在該怎麼辦呢？比射箭自己是必敗無疑。

唉，要是有支槍就好了，憑自己空中擊飛物百發百中的槍法，定然不會丟人現眼。

正當項思龍急得一籌莫展，一臉窘相之時，突見張碧瑩烏髮上插著兩支金釵，心下頓然有了主意，走到她身邊神秘的說道：「瑩妹，借你髮釵一用，可以嗎？」

張碧瑩一愣，不明所以，但仍把金釵取下給他。

只見項思龍一陣哈哈大笑，隨手把兩根金釵閃電般往二百步外的箭靶擲出。

眾人哪想得到他是擲釵而非射箭，齊感愕然時，二支金釵正好並排釘在韓自成所射擊的箭靶上，連項思龍也沒想到會有如此成績。

雖然他在特種部隊裡練過飛刀投擲，但像現在這樣如此神妙，亦是首次，其實他剛才也是急中生智，用這金釵來代替飛刀，想不到果然成功。

只看他能在二百步外的距離達到如此神乎其技的準，就可知他不但手勁驚人，還定有獨特的手法，否則休想辦到。

韓自成這時臉上不禁露出駭然之色，眾人亦是喝采聲如雷。

突然項思龍聽到身後傳來幾聲清脆的拍掌聲，轉身一看，原來是張良和那倉海君馮進及張方等幾人，忙上前施禮。

張良走上前來讚歎道：「思龍這一手飛釵，可說是空前絕後了。哈哈……」一陣大笑後旋又對韓自成道：「韓老弟，現在你該知思龍的本事了吧！」

這一說只愧得韓自成原本羞惱的臉上更增幾份對項思龍的恨意。

「思龍，過兩天我想叫你和張方、韓自成三人進市集去購一批馬匹過來。」這天張良把項思龍叫到他的內室，沉聲說道。

項思龍心下會意，知道張良已經按捺不住，準備發動反秦計畫了，但仍頓了頓道：「現下外面局勢混亂，戰爭中都急需馬匹，我看這事情有些難辦。」

張良似料知項思龍會有此說，當下把頭一點道：「你說得不錯，但這個問題我早考慮過了。聽說泗水縣裡有個養馬的董馬癡，他們家世代養馬，當年七國並雄時他祖先是為趙國飼養戰馬的，現在他雖隱居泗水縣裡，還是開著當今秦國屈指可數的養馬牧場，但因當年秦始皇殺死過他的祖父董飛，因此心中懷恨，所養的馬從不供給秦王作戰使用，所以他那裡定有大量馬匹可以購得。」

項思龍聽得心下大明，喜笑道：「那我們即日起程就去購買董馬癡的馬。」翌日，項思龍、張方和韓自成三人帶領著一批張家家丁起程浩蕩的準備向泗水進發。

曾範、曾盈和張碧瑩亦也追隨在其中。

張良把他們一行一直送至谷口，語重心長的朗聲說道：「預祝諸位一路順風，馬到功成！」說完策馬率著眾人隨從返回谷去。

張方這時對項思龍說道：「項少俠對我們此次行程準備作何打算？」項思龍沒有回答，忽然問道：「到大澤鄉我們要走多久？」

張方顯是對他非常欣賞喜愛，不厭其詳的說道：「單人快馬兩日可到，但像我們這麼多人，速度自是緩慢了些，差不多五日也可抵達。」

項思龍一聽道：「那我們就先進發大澤鄉。」原來項思龍還是一心想著去看一看陳勝、吳廣的起義情況。

事情就這麼定下來。雖然韓自成心中極是不服項思龍指揮，但他也沒有辦法。

一路上盡是山峰延展四方，森林怪石兀立兩旁，間中可見河流小溪。

因這次有了張方等人帶路，所以眾人走的盡是寬大山路，倒也不覺什麼勞苦。

曾盈張碧瑩二人更是圍著項思龍嘰嘰喳喳的歡笑個不停，倒也不覺寂寞沉悶。

張方看著項思龍笑道：「項少俠可也真是好福氣，深獲兩位姑娘歡心。」

項思龍謙虛笑道：「此等齊人之福，卻也是其中有著許多難言苦衷呢。」

張方卻又忽似心有所思，感慨的歎道：「想起秦人，我也感到很是矛盾，當年秦始皇滅六國統一中原，確也做出了許多偉大的成績，像他實行的『上農除末』的政策和統一貨幣度量衡，使得經濟文化確也興旺不少。但他的荒淫殘暴，卻又讓人實在忍無可忍。」

項思龍奇道：「你們韓國被秦滅亡，難道你就不憎恨秦始皇？」

張方臉色一沉道：「現在秦二世昏庸無能，比他父親贏政可是有天壤之別。哼，讓此等昏君當權，百姓就永無歸寧，我們韓人早就思謀策反了，如今天下局勢又大是混亂，看來我們復國之日是指日可待。」

項思龍聽得大為驚訝，想不到張良手下一個總管就有如此見識，真想告訴他無論如何掙扎奮鬥，最後仍將是被劉邦一統天下時，卻又想此話就算說出也不會有人相信，就搖頭一笑，感慨的道：「大江東去，浪淘盡，千古風流人物！」

張方聽得大是驚異，訝道：「好文才！想不到項少俠不但武藝超群，對詩詞亦是大有研究。」倏又念道：「大江東去，浪淘盡，千古風流人物！好！好氣魄！真是一千古絕句！他日項兄定是人中之傑！」說完一陣爽然大笑。

項思龍想不到自己只是盜用了「前人」詩句，竟令得這張方大有感觸，當下轉過話題道：「張先生對大澤鄉陳勝、吳廣的農民起義又有何看法呢？」

張方似被項思龍說得談興大起，侃侃而說道：「陳勝、吳廣的起義，真是天下苦秦久矣的怒吼爆發的先鋒，其勢在短期間必會迅速龐大，目前雖取得一定的成績，然他們終為布衣，自身血統並不高貴，且素質不高，起義軍內部又是魚龍混雜，以我來看，他們難成氣候。」頓了頓又接道：「現天下之勢正值風雲變幻之際，能人輩出，角觸爭鋒，強者為王，敗者為寇，沒有真實本領的人，只能偶然一時之勢，終會被歷史淘汰的。此話也正應了你那『大江東去，浪淘盡，千古風流人物。』」

此一番話說得項思龍大為嘆服，想不到這張方竟也看出今後天下之勢，雖然言語有些偏激，但從此也可看此人胸中才學包羅萬相。自己要不是早知歷史趨勢，定會敬他為天人了。

張方似也看出項思龍的驚異之色，但忽又想到什麼心事似的，臉色略變的道：「項少俠可得留意那韓自成，他對你心裡可不懷好意。」

這些項思龍早已知曉，但終不明白那韓自成為何如此痛恨自己，當下問道：「他為何對我如此憎恨？我自覺沒有什麼地方得罪過他。」

張方詭然一笑道：「這還不是項少俠的豔福作怪。韓自成在我們族內一向是自視倜儻，仗著武藝超群更是自高自大，目空一切。他一直都在追我家小姐，但小姐厭他那種狂妄之態，我家主公也看出此人難成大器，所以沒有答應下來。可我們族內其他青年確也及不上韓自成，所以此事一直拖著，待得項少俠出現，才徹底打破了他的幻想，哈哈。」一連聲大笑中顯出這張方對那韓自成極無好感。

項思龍苦笑道：「想不到此事竟也如此曲折。」

一行人停停歇歇地趕了四五日路後，大澤鄉已是遙遙可望，可天公確是不作美，黃昏時忽然下起雨來，大隊人馬只得停下，紮營生火。

項思龍在營中借著火光看著面前這兩個嬌美動人的愛妻，心中有說不出的輕鬆和快意。但倏又想到父親項少龍，禁不住神傷黯然。

曾盈走近靠他身旁坐下，輕扶著他厚實的脊樑，柔聲問道：「項郎，有什麼事想不開心嗎？可否能告知我們也分擔一下你心中的苦悶？」

項思龍輕輕的搖了搖頭，歎了一口長氣。

唉，這事自已能說嗎？即便說出來她們會相信嗎？自己是從另一個時空來的人，她們連想也不會有此想法。其實自己來到這古秦，又何曾不是一度不能相信？只是時間長了，與這古秦裡的人打交道多了，才不知不覺的覺著自己的血與肉，愛和恨已溶進了這浪漫的古老國都裡。

項思龍的心情，就在這喜喜憂憂的時間中沉浸著，鬱結難解。還好有兩個佳人相伴安慰，略去他心中愁苦。

也因沿途奔波勞累，三人抱在一起，沉沉睡去。

忽地項思龍被一陣輕微的腳聲驚醒，足音由遠而近。

不好，可能有敵來犯！項思龍在特種部隊裡的訓練就是不論人在什麼狀態下都要提高警惕，隨時應戰，因此他現在憑著感覺屋外絕不是己方的人。

張曾二人這時也都驚醒過來，見著項思龍的神色，二人臉色大驚。

項思龍示意她們二人留在營帳，悄悄取劍出帳，果見五六個黑影正朝自己營中悄悄走來，見著項思龍，一語不發，拔出長劍，向他攻來。

項思龍連忙拔劍迎擊，此時張曾二人也已退出帳外，一見此況，均是大驚，張碧瑩忙喊：「有刺客！」說完也拔劍向來敵攻去。

此等幾人均是從黑布蒙面，漫天劍點，暴風雨驟般往項思龍襲來，劍法精妙無倫。

項思龍見眾敵如此厲害，身下駭然，忙用自己來秦的這些日子裡，從眾武士習來的劍法揉合現代擊劍之術出劍迎敵，一劍斜挑，直取一敵雙目，待敵一退，又劍鋒一橫，擋住其他幾人擊來之劍。

此時張方等人業已趕來，架起弓箭往眾敵射去，兩聲慘叫劃破夜空的寂靜。

項思龍趁眾敵慌亂之際，以劍作刀，一式直劈，正中一敵眉心，應聲而倒。

那邊張方和張碧瑩也正圍住一敵，出勢猛攻。

韓自成則站在一旁，臉色陰暗不定。

片刻後，六個刺客被殺死五個，張方和張碧瑩生擒一個。

正當項思龍正想趕去詢問刺客底細，韓自成忽地一個箭步衝上前去，拔劍猛刺那賊正胸，那人眼中盡是怨毒的指了指韓自成，驚聲道：「你……」韓自成劍又是一挺，頓時死去。

項思龍無可奈何的瞪了一眼韓自成，又朝張方望去，見他也正向自己使來眼色。

眾人沉悶而散。

張方則跟著項思龍朝他帳營走去，路上沉重的跟項思龍說道：「這肯定是韓自成搞的鬼，看來這小子是想造反了。」

項思龍亦也沉重的點了點頭道：「我們以後得防著他點。」

張方恨聲道：「哼，這小子可也奸詐得很，把那刺客殺死，使得我們沒有他的什麼把柄，也奈何他不得。」

張碧瑩聽得他們如此一說，氣得杏眉倒豎，恨聲道：「我這就去殺了這個奸賊！」

項思龍一把把她拉住，沉聲道：「不可魯莽！咱們得拿出證據，讓他無話可說時才可懲辦他，如若這樣殺了他，眾家將會有何想法？」

張方點了點頭道：「路上咱們得小心著點。」

第二天天色大明，雨過天晴的天空格外晴朗，空氣清新，徐徐涼風吹來，使人感到格外的舒適涼爽。

項思龍等一行人又浩浩蕩蕩的向遙遙可望的大澤鄉進發了。

大澤鄉是泗水縣城的一個小鎮，這裡湖泊密佈，水草豐盛，交通便利，工商交易活躍，資訊靈通，但民風剽悍，是一個人傑地靈的風水之地。

談笑之間，大澤鄉到了。

和泗水相比，大澤鄉小了至少三四倍，但這裡護城河既深且闊，城高牆厚，有一夫當關，萬夫莫開之勢，城外還駐紮了兩營起義士兵，軍營延綿，旌期似海，頗具懾人之勢，城樓高處滿布哨兵，劍拔弩張，士氣昂揚。

項思龍看得心潮急湧，想起陳勝、吳廣原本只是秦朝的一個士卒，但憑著憤勇起義，現今也成就如此氣勢，不禁肅然起敬。

張方也看得大是感慨道：「想不到陳勝、吳廣短短數日，竟也有著如此士氣，看來人心所向，確是可成大業。」

項思龍想著張方還是看不起陳勝、吳廣，心下冷然，道：「張先生有他們之勇乎？」

這一說使得張方老臉羞紅，喏喏道：「項少俠取笑了，我乃一介臣僕，何談成就大業。」

項思龍又不禁覺著自己剛才之舉似是過分，歉然道：「張先生哪裡的話，思龍乃一介草莽武夫，說話得罪之處，還請多多見諒一二。」

張方豈是那等胸懷狹窄之人，當下爽然一笑道：「項少俠剛才甚是讓張某深思，陳勝、吳廣也確有其英雄本色，常人所不及之處。」

二人邊走邊談，不覺已至城內。

只見各處均是兵來將往，車馬如龍，百姓各家也是張燈結綵，笑語歡聲，一派喜慶節日的氣氛。

眾人也似受了這氣氛的影響，都覺輕鬆起來。

哈，這裡再無石猛之流的為虎作倀，虎假虎威的惡公子了吧！項思龍心下想來又覺興奮異常。

看來戰爭在這樣一個以武力為王的時代裡也並不是一件壞事，它在一定的時間內也可以給人民帶來和平和安樂。

正當項思龍這樣胡思亂想之時，突地聽得一片「張楚王萬歲！張楚王萬歲！」的歡呼聲，忙尋聲望去，只見一個濃眉闊背，臉如刀削，身材高大，一對深邃的眼神顧盼生光的五十餘歲的粗壯漢子，正騎著一匹烏黑壯馬，在眾將簇擁之中面含微笑，讓人感覺不怒而威。

噢，原來這人就是陳勝了！項思龍心中暗想，想不到此人竟然獲得民眾如此擁護，看來秦二世確是暴淫無度，來日不長了。

當下又想到了劉邦。

唉，這個真正統一中原的漢高祖現在究竟在哪裡呢？

一路上無風無浪，眾人行了十多日，已經臨近泗水縣了。

韓自成這些天來也感覺有人監視自己，因此也無法有得異動。

項思龍則有二女相陪，天天談笑風聲，夜夜豔福無邊，只覺著這段日子是他來秦以來最是逍遙的時光。

張方則是打點眾人飲食起居，也是忙得個不亦樂乎。

這天，張方忽憂心忡忡的對項思龍說道：「泗水縣還未被義軍攻佔，仍有秦兵守著。那縣令石申對你殺死他兒子定是懷恨在心，看來我們會有麻煩了。」

項思龍也是眉頭一鎖，憂道：「那我們該怎麼辦呢？可以繞縣而過嗎？」

張方道：「繞縣而過到董馬癡那裡我們差不多還要半個多月的行程，其中還要翻山越嶺，路途崎嶇坎坷。」

項思龍問道：「那就沒有其他辦法了嗎？」

張方低頭沉思了一會，忽而似想出什麼妙法似的，高興的道：「有了！我們營中有個叫張寧的人，他善於易容之術，我們何不教他給項少俠改頭換面，如此我們就可避過他們耳目了。何況他們現在也被義軍嚇破了膽，哪裡還有什麼心事仔細盤問檢查呢。」

項思龍一聽此計大妙，於是叫了那張寧給他化裝起來。這張寧確也有神技奇藝，不多時項思龍已變成了一個滿臉絡腮鬍，頭髮高盤在頂，身著寬大長袍的三十幾許的粗壯漢子，若不細看，連曾盈、張碧瑩也難以認出他來。

當下眾人皆是哈哈大笑，連項思龍也甚感滿意有趣，對那張寧大是讚賞一番，只喜得張寧心底樂開了花兒。

一切準備就緒之後，眾人向城門走去。

只見城上秦兵個個都是噤若驚弓之鳥，一個個都是箭弩劍拔，戒備深嚴，城門處則是一大堆秦兵正在檢查盤問過往行人，氣氛甚是緊張，如臨大敵。

項思龍等一行人來至城門，一個鼠目寬臉的軍官模樣的秦兵把他們攔住，對著項思龍喝道：「幹什麼的？」

項思龍道：「我們是進城去想買些布匹牛馬等回去，以應急用的，現在兵荒馬亂的，我們郊區什麼東西也沒得買。」

那軍官朝項思龍等佩劍一瞧，又喝道：「誰聽你這麼囉嗦！喂，你們進城都帶著兵刃幹嘛，是不是陳勝、吳廣賊黨進城來作內奸的？」說完指揮兩個兵卒就來提拿項思龍。

項思龍一驚之下，正不知怎辦時，張方已走到那軍官跟前，順手塞過幾錠銀子，陪笑著說道：「唉，官爺，我們確實是進城作買賣的，哪裡會是什麼奸細呢？現在外面反賊眾多，我們帶著兵刃也是為了防身之用啊。我們公子不懂規矩，多有得罪，還請官爺多多擔待。」

那軍官接過銀子，眼睛稍微一轉，神色緩和過來，又大喝道：「既真是做買賣商人，那就放他們進去吧。哎，小子，以後學著點做人。」說完揮退兩個手下。

項思龍徐徐吐出一口長氣，還虧得張方見機得快，否則可有得麻煩，但又可恨那秦軍官，戰事如此嚴峻，還作威作福，要是手中有一挺機關槍，定殺他們個片甲不留，以洩心頭之恨。

眾人虛驚一場，心情都由緊張中漸漸平靜下來，只有那韓自成臉色陰晴不定，似又在想著什麼奸計。

進得城來，家家都是屋門緊閉，只偶而有些秦兵在張牙舞爪的想趁這戰亂之機，人心惶惶之時到這些平民家中去強搶一番，踢著那些緊閉的屋門。

項思龍心中大怒，目中厲芒連閃，正想衝上前去狠揍他們一頓，張方連忙拉住他的衣角，低聲道：「項少俠，咱們不可造次，免得他們發現了你的身分。」

項思龍心下一驚，頓時冷靜下來。

唉，時勢逼得自己竟然如此難受！要不是有眾人跟著自己，憑著自己性子，可真要拚死也要去教訓一下這幫無法無天的秦兵。

項思龍想著連番而來的不愉快之事，甚覺晦氣。

唉，要是找到劉邦就好了，那自己就可跟著他去馳騁疆場，殺秦兵個落花流水了！

他自己也想不明白，自己來到這古秦後，對劉邦竟越來越是思念起來。

眾人從城南往城北走了大半天，不覺天色又是暗了下來。項思龍於是便又吩咐紮帳休息，因心裡想著諸多不順的心事，早早就進了營帳睡覺去了。

突地外面一片吵雜之聲把項思龍驚醒了，過去仔細一聽是張方和一秦兵軍官語氣的人正在爭執著什麼。

當下心下一緊，暗道一聲：「糟了！」昨夜自己一時心中氣悶，倒疏忽了韓自成有可能去向秦兵告密。

這小子，若真是他，老子今個兒就宰了他！

項思龍邊想邊走出帳外，卻見一雙目閃閃有神，鼻柱挺聳，身穿甲冑，年紀約在三十幾許的秦將軍和張方爭執些什麼，見著項思龍他人頓停了下來，那秦將軍面色陰冷的瞧了瞧項思龍，沉聲問道：「閣下是誰？」

項思龍面不改色淡淡道：「在下張捷，敢問將軍找著我們何事？」

那秦將軍冷聲道：「聽說殺人犯項思龍藏在你們營中，我們奉命搜查。」

項思龍哈哈一陣大笑道：「將軍哪來的空穴來風？我們乃正當商人，誰識得什麼項思龍。既然將軍要搜，那就請便吧。」說完做了個「請」的姿勢，只逗得曾張二女暗暗竊笑。

這時一身材矮胖，耳厚嘴大，身穿官服，四十多歲的秦官走了出來，一雙鼠目上上下下的打量著項思龍，目中射出怨毒的厲光。只聽他突地大喝一聲，道：「就是他！他就是項思龍！你以為易了容就可逃出本縣令之手掌心嗎？哼，你殺我猛兒，我要把你抓去抽筋扒皮！給我把他抓起來！」

張方等人一聽，忙都手按劍柄，作勢欲抗，但是那韓自成此時卻不見了影兒。

項思龍氣得咬牙切齒，揮了揮手，示意眾人不要輕舉妄動，隨後又是一陣大笑，冷哼道：「哼！此等無惡不作之人殺是應該，就連你這狗官，我也想殺！」

這下只把那石申氣得七竅生煙，連連大喝道：「把他抓起來！把他抓起來！」

# 第六章　峰迴路轉

項思龍悠悠醒來，突地感覺一陣頭暈目眩，肩頭處火辣辣的針刺般疼痛，渾身傷口全都流著鮮血，有的已經凝成了血塊，咬了咬牙強忍著坐了起來。

這是一間地牢，室內昏暗無光，只有借著一碗口大的小洞射進來的餘光，才使人視力模糊的依稀見物。

只見對面一蓬頭垢面，衣不蔽體的小老頭兒也正打量著他，目中盡是不友善的神色。

項思龍呻吟了一聲，也沒心情去理會這些，吐了些唾沫在手上去塗擦身上的傷口，隨後又把破爛不堪的上衣撕成條狀，包紮在傷重處。

小老頭靜靜的看著項思龍的一舉一動，目中似閃出驚異之色，忽而語氣柔和的道：「這位小兄弟犯了什麼法？竟也被關進這地牢裡！」

項思龍看了這老頭一眼，看到他那憔悴之樣，心生同情之心，當下答道：「嘿，晚輩殺了這石申狗官的兒子。」

那老頭一聽似是大感興趣，問道：「那你為什麼要殺他兒子呢？」

項思龍便把他如何看到石猛作惡，又如何被石猛眾人圍攻，及自己最後氣怒不過，把那石猛給殺了，諸事全盤說出。

那老者似有所悟的「噢」了一聲，又問道：「那你又是怎樣被抓進來的呢？」

項思龍雖覺得這老頭有些喜歡刨根問底，但想起大家都是同病相憐，便又仍不厭其煩的把自己如何逃亡，如何遇著張良，又如何領著眾人去泗水那購買馬匹以致中途遭叛徒出賣而被抓起等等說出。

那老頭似聽得目射奇光，用一種異樣的目光仔細的打量起項思龍來。

項思龍被看得不明所以，想著自己身陷險境，不知何時會被石申這惡賊折磨而死，禁不住歎了一口長氣，大有英雄氣短，虎落平陽被犬欺之感。

想著自己的二個愛妻曾盈和張碧瑩；也不知她們現在怎麼樣了。還有自己的父親項少龍，自己還沒尋到他，也不知他身在何處，再有母親周香媚和與自己有著說不清感情的鄭翠芝，她們都在日思夜盼的等自己回去。

想著這些，項思龍此時真是魂斷神傷，欲哭無淚。

不！不！我不能死！我不能就這樣平平淡淡的死去！要死也要死得轟轟烈烈！我還有好多事情要做！天啊！你為什麼不開眼，竟還讓這昏君當道，竟還讓這狗官作威？

項思龍的內心在滴著血般疼痛，不覺又是昏迷的睡去。

醒來時項思龍覺著渾身疼痛已是大減，睜眼一看，原來自己身上的傷處已被重新包紮過。

這時那老者似發覺項思龍已經醒來，忙靠近過去把他扶起，邊道：「醒了。」

項思龍知是這老者不知用什麼藥給自己傷處敷上，當下感激的一揖道：「多謝老伯！」

那老者微微一笑，和藹的說道：「不必客氣，你那些藥物都是我平時從他們送來的飯菜中找出些可以治傷的菜，綜合起來用飯作引製成的，剛好他們剛才送飯過來，我便給你敷上了。對了，你還沒吃飯，這裡還有一碗，吃吧！」

項思龍聽得大是感動，撲到那老者身上，低聲抽泣起來，雖然他們只相處短短的一天時間，但患難之中見真情，項思龍已經把他看成是自己的親人了。何況他從小就失去了父愛，一直都盼望著能找到自己的父親項少龍，現在在這老者的關愛之中，他似看到了父愛的影子。

那老者似也深有感觸，輕輕的拍著他的背脊，柔聲道：「哭吧，孩子！但記著如果能活著出去，男兒流血不流淚。」

項思龍聽出這老者話中有話，目中閃出希望的光芒，喜道：「老伯有什麼辦法可以逃出這裡嗎？」

那老者含笑不語，沉默了一會，正想與項思龍說些什麼時，室外突傳來說話之聲。

只聽一人粗聲道：「整天待在這不見天日的鬼地方，現在陳勝的手下猛將周文正帶兵南下，聽說一路斬關奪隘；所向無敵，攻我們秦軍時如入無人之境，我看他過不了幾日也要打到我們泗水來了。」

「可不，還有周市、鄧宗、陳餘等人也是兵鋒所向，勢如破竹，僅僅二十多天，就攻下了我們多個城池。唉，我們秦軍離兵敗之日不遠了。」另有一人聲音嘶啞的說道。

先前那人接口道：「現在離死亡之日不遠了，還要老子看著這幾個死囚，真倒楣！倒不如索性拿出去殺了，省得麻煩。要不等起義軍攻來時被他們放了。」

那聲音嘶啞的又道：「老爺子石中這幾天被義軍嚇得屁滾尿流，忙著準備逃跑，哪還有心事管這些事。不過聽說這裡面有兩個重犯，一個是殺死咱老爺子寶貝兒子的項思龍，另一個就是當年叱吒風雲的趙國名將李牧，老爺子準備明天就把他們拉出去開刀問斬了。」

二人聲音漸漸遠去，只聽得牢裡項思龍和那老者心中猛驚。

只見那老者突地說道：「明天？時間是太匆促了點，不過無論如何也要搏上一搏，看天是不是要亡我李牧了。」

這一下可聽得項思龍心下大驚，想不到眼前這蓬垢老者就是當年馳騁疆場，所向無敵的趙國大將李牧，當下肅然起敬，下拜道：「晚輩項思龍叩見牧伯伯。」

「項思龍？」那李牧聽得這名字，似覺好生耳熟，倏問道：「項少龍是你什麼人？」

天啊！這李牧竟然認識自己父親！父親真的也到了這古秦！這一份驚喜竟使得項思龍激動得渾身發抖起來。

李牧一見項思龍這等樣子，大吃一驚，問道：「孩子，你怎麼了？」

項思龍壓下心中狂喜和激動，顫聲問道：「你認識我父親項少龍？」

李牧一聽猛的睜大雙眼，上前來抱住項思龍急聲問道：「什麼？你是項少龍的兒子？你是項少龍的兒子？好！好！果然蒼天不負有心人，讓我李牧這一身功夫不至失傳，好！好！」說完竟喜極而泣，淚如雨下的哈哈大笑起來。

這一下輪到項思龍著急了，忙道：「牧伯伯！牧伯伯！」

李牧這時已平靜下來，再次注目項思龍。

是，果然像他父親項少龍，一臉的正義之氣。

突又想起什麼似的，低聲道：「龍兒！跟我來！」走到地牢一牆角邊，用粗裂的手指朝一牆磚拌去，只見那磚塊竟是鬆的，一下子就被挪開。接著很快的牆壁就顯出一個洞來。

項思龍掩不住心中狂喜，驚聲道：「牧伯伯，咱們……」還沒說完，李牧就已揮手示意他噤聲。

二人從那牆洞中鑽過，卻見又是一個昏暗潮濕的地牢，只是沒有人被關在這裡，牢裡堆滿了一大堆一大堆的泥土。

項思龍頓然明白過來，這裡定有地道！

果然只聽李牧低聲道：「這條地道，我已經挖了十多年了，四年前還與這間牢房裡的龍陽君一起並肩『作戰』，想不到他……唉！」指了指其中的一堆土，哀聲道：「他就被埋在這裡！」

項思龍心中一片黯然，沉默下來。

這時只聽得李牧又道：「當年他也是你父親的至交好友。」

項思龍當下朝那堆土拜了幾拜，心下卻是暗急，聽他如此說來，也不知自己父親項少龍怎麼樣了，忙問道：「牧伯伯，那我爹爹他現在怎麼樣了呢？」

李牧似大感驚奇，問道：「怎麼？你沒跟你爹住在一起？」

項思龍一時也不知怎麼解釋，若說自己是這個時代二千多年後的人，他一定不會相信。但自己又怎麼跟他說呢？

還好，李牧似又明白過來似的問道：「你娘是不是美蠶娘？」原來李牧聽項少龍以前跟他說過他最初的女人就是美蠶娘的，只是後來失散了，兩個人再也沒有見面，想來這孩子可能是他與美蠶娘所生的兒子。

項思龍雖然不明所以，但只得點頭道：「是，我娘是美蠶娘，那我爹現在在哪兒呢？」

李牧似又陷入了從前的回憶，感慨的道：「你爹可是個了不起的英雄，武功機智均是常人難及其萬分之一，秦始皇當年之所以當上皇帝，你爹功勞當居首位。至於他現在嘛，可能已在哪裡隱居了起來。」

項思龍聽得目瞪口呆，想不到父親竟是成就秦始皇霸業的首要功臣，那他……想著秦始皇的暴政荒淫，他心裡就有點不自在起來。

李牧似看出了他的心思，低聲道：「孩子，秦始皇雖然殘暴驕橫，但他成就了中原的統一大業，功不可沒。至於你爹，他可是一副俠骨柔情心腸，從不參與秦始皇的朝政，從沒有為虎作倀過。」

項思龍頓時放下心來，問道：「那你與我爹是怎麼認識的呢？秦國和趙國向來是處於敵對位置的啊！」

李牧沒有回答他這個問題，忽道：「時間不多了，我們來準備一下。」說完叫項思龍幫著一起運了些土到先前的那個牢房裡，堆成兩個人狀，又拿了些地上的稻草蓋在上面，隨後回到隔壁牢房，把牆磚恢復原狀，隨後又在牆角拔開那些已經腐爛的潮濕的稻草，露出一個黑黝黝的小洞口。

李牧說了聲：「小心點。」就率先爬了進去。

項思龍也撲下身體跟在後面。

這個地道很是狹小潮濕，剛好只能容一個人爬出，中間間或有些可以容人轉身的寬敞之處，可能是用來運土時方便的，二人摸索前行了差不多半個時辰，項思龍禁不住悶聲問道：「牧伯伯，他們會不會發現？」

李牧一邊向前匍匐前行，一邊答道：「他們這裡只要人死了就不會再去查看那個牢房，但屍體不搬走，任其死屍在房內腐爛，因為關在這地牢的人很少，這個我們不用擔心。」

項思龍又奇道：「那當初你和龍陽君挖這個地道是用什麼工具挖的呢？那運出去的土怎麼沒被發現？」

李牧道：「那時我們是趁他們送飯來時，把碗故意摔碎，用這些碎瓷片來挖的，運出去的土就用稻草蓋著，起初幾年進程很慢，後來龍陽君受折磨和勞累過度，生了重病，為了成全我，所以自殺了。」說完語意盡是悲淒之感。

項思龍聽得也是一陣惻然，當下又問道：「他們當年又是怎麼會被石申這狗官抓住？難道憑你們的本事會輸給一個小小的縣官？」

李牧聽了沉默一陣，似很有感觸的道：「唉！此事說來話長。當年我和龍陽君各是趙國和魏國戰場上領兵作戰的佼佼者，但秦始皇確實是一代梟雄，他推用「遠交近攻」的戰略，先吞併周圍的弱小勢力，以壯其氣勢，使得其他六國都對其深懷懼心，隨後利用六國之間的矛盾，離間我們的合縱之勢，再予以各個擊破。我們趙國和魏國也因朝政腐敗，奸臣弄權，在秦國的猛烈攻勢之下，相繼淪陷，我和龍陽君也都成了亡國之奴，後被這石申狗官抓住，關進了這地牢。」

說到這裡頓了頓，又歎了一口氣道：「其實說起我們趙國，也並不勢弱，有五六十萬的大軍，自保應該沒有問題的。只可恨趙王聽信奸人郭開讒言，當我在邯鄲城外領兵與秦國大將王剪和楊端所統領的四十萬大軍誓死相抗，僵持不下時，竟突然被換將。

「嘿，說起我趙國那麼多的將領之中，除了我李牧，就只有廉頗大將軍可與王剪將軍一較長短。其餘的都只是些烏合之眾。為了不亡國，於是我狠下心腸，冒著欺君之罪，拒受了趙王此命，想待退卻秦軍之後，再向趙王請罪。誰知趙王昏庸聽信郭開之言，說我意欲謀反，賜我毒酒，定我抗拒王命的死罪。

「君要臣死，臣不得不死。但想我李牧一生為國盡忠，鞠躬盡瘁，可到頭來卻落得如此下場，真是可笑可悲。嘿，其實死對於我這終日刀口舔血的人來說，又有什麼可怕的呢！我……確實是死不甘心，死不瞑目啊！」

李牧說到這裡已是熱淚縱橫，緩緩爬行的身體突地停了下來，平靜了一下情緒接著道：「那時我也是萬念俱灰，準備一死以謝王恩，了卻這凡塵眾多煩惱。但是我手下將士聽到這個消息，頓時義憤填膺地說若我死了，他們將舉兵反進邯鄲城，殺死趙王和郭開為我報仇。或者是全體自盡，追隨我於九泉之下，並且扣押了送毒酒過來的曹公公等人；只待我一句話，他們即刻將選其一而行。

「但是在此大難當頭之際，怎能發生內亂呢？這豈不是予敵以可乘之機？對於這二種極端的做法，我自是沒有答應。但是看著這些對我忠心耿耿的將士們，卻又教我如何取捨呢？權衡利弊，我只得脅迫曹公公等人，用李代桃僵之計，叫一個身材容貌跟我差不多的武士易容後，替我喝了毒酒。同時曹公公等人把屍體運回邯鄲城後，即刻當眾火化，告示天下，實則毀屍滅跡。

「唉！如此作偽一番，雖是瞞過了趙王，我也暫時逃過這一劫，可還是因為這事，我不能正式出面指揮，而延誤時日，殆誤戰機，以致王剪大軍攻破我軍防線，直搗邯鄲城池……我趙國亡矣！」

項思龍一直沉默無語的聽著，這時見李牧突地頓了下來，沒有繼續往下說下去，不禁出聲問道：「那後來呢？你怎麼到泗水來的？這石申又怎麼知道你的身分？」

李牧長歎了一口氣，續道：「趙國被秦滅後，我乘亂逃了出來。因為我此時裝扮成一介軍士，所以不引人注目。逃亡到泗水縣時，頓覺心灰意冷，萬念俱灰，心神疏忽之下便被石申給使計抓住，想來龍陽君也是如此吧。

「你不要小看這石申，他私下裡培植和網羅了許多的奇人異士，那曹公公在趙亡後也被他收羅過去，成了他門下食客，我的身分就是這樣暴露的。但我看石中野心勃勃，他封鎖了我被捕的消息，殺了曹公公，私下把我囚禁在地牢中。這麼多年沒有殺我，還不是為了逼我交出《太公兵法》和《雲龍八式》秘笈。哼，這狗賊，我看他口頭上說要逃跑，私下裡定也在起兵反秦了。忍聲吞氣了這麼多年，現見義軍勢猛，還不趁火打劫？」

說到這裡時，二人又差不多前行了半個多時辰，洞內的潮濕和氣悶使得項思龍覺著難受之極，也便無心說話。

突聽李牧說了聲：「到頭了！」項思龍頓停下身體前行，卻聽得李牧用瓷片挖土之聲，項思龍驚問道：「牧伯伯，這地道還沒挖好嗎？」

李牧沉聲道：「唉！我原本打算把這地道挖到這泗水郡城郊區，現在看來時間來不及了，我這麼多年來忍辱吞聲活下來的意願也實現了。所以現在我們就在這頂上挖個出口，也沒有多厚的，只有二米左右，我們還有七八個時辰的時間，差不多也可挖通這個出口了，只是不知這上面是什麼地方，但也只有走一步算一步了。唉！」說完拿了塊瓷片給項思龍。

時間就在這種沉重勞累而又緊張的氣氛中過去，二人也不知道現在是什麼時候了，只覺著渾身精神亢奮。

突地一絲刺眼的光亮射入洞內，二人均是欣喜若狂。

李牧按住項思龍衝動的身體低聲道：「慢著！先探聽一下上面虛實！」

項思龍聞言一驚，忙又縮下身子，凝神聽起上面的聲音來。

聽得涓涓流水之聲，還有各種鳥兒的鳴叫聲，看來上面是一處山林之地，應該不會有什麼危險。

二人趕忙挖開只有尺寸厚的泥土，露出一個可容一個人進出的洞口，李牧率先爬了出去，項思龍緊跟著也躍了上來。

李牧似被外面的強光刺得睜不開眼來，也難怪，已經有十多年沒有見著陽光了，只聽他激動得哽咽道：「想不到我李牧還有重見天日之日！哈哈！」一陣大笑之後流下了英雄末路的熱淚。

項思龍的眼睛也不禁濕潤起來，自己這次能夠死裡逃生，也全仗這眼前李牧十多年辛苦勞累的功勞。看著他那花白的頭髮和那黑白間雜的鬍鬚，以及那枯骨似的瘦高身形，項思龍的心情也不知是什麼滋味。

誰會想得到眼前這個猥瑣老者會是當年在疆場上戰無不勝的大將軍呢？

項思龍的心中盡是感慨，倏又想起張方、曾盈、張碧瑩他們，也不知現在怎麼樣了，那叛徒韓自成會不會連他們也……項思龍不敢再想下去了，心亂如麻。

李牧這時倒平靜下來，看著項思龍道：「龍兒，天下間事事都有個劫數，就像你被石申這狗官抓起，就是你生命中的一劫，但是古人自有天相，總有辦法逃過劫難的！你現在自身無力，又何必去操那份煩惱的心事呢？」

項思龍雖也明知如此，但心情始終不能平靜下來，處在這種境況之下，他真想痛快的大哭一場。

李牧這時忽然道：「龍兒，你懂使劍嗎？」

項思龍自是點頭。

李牧淡淡一笑，去一邊找了兩根三尺來長的木棒，扔了一根給項思龍，道：「好，現在你把木棒當劍，向我攻兩劍看看。」

項思龍接過木棒舞了兩下，看了一眼老態龍鍾的李牧，目中露出遲疑之色。

李牧眼中射出讚賞之色，笑道：「儘管盡全力向我攻來，我想考教考教你的武功。」

項思龍聞言一愕，倏記起他在地牢裡說過的話，心中大喜，知這一代風雲人物有意收自己為徒。當下一個箭步標前，到了離李牧五步許處，使了個假身，先往左方一晃，才往右移，一棒橫打過去，以硬碰硬，想憑臂力震開李牧手中的木棒。

豈知李牧一動不動，手腕一翻，木棒後發先至，斜劈在他木棒上，接著棒尖斜指，似欲刺項思龍面門。

項思龍大吃一驚，退了一步，李牧劍術之精妙，竟使自己有力難施，心中不忿，一聲大喝，快捷撲去，一連七棒，狂風掃落葉般迎頭照臉，忽上忽下，橫掃直砍，往他攻去。

李牧嘴角含笑，凝立不動，可是無論他由哪一個角度劈去，總能恰到好處地把他的劍擋開，而接著的劍勢又偏能將他追退，不用和他硬拚鬥力，雖只守不攻，卻是無懈可擊。

「卜卜」之聲不絕於耳。劈到第七十二劍時，項思龍終於力竭，退後喘氣，不能置信的看著眼前的李牧。

雖然他在特種部隊時沒有練過劍法，但自從他來這古秦後，就一直向他身邊所接觸的武士虛心求教，再把現代的自由搏擊劍術和一些散打功夫溶入其中，劍法自創成一派，自信一般高手非自己之敵。

李牧似有些驚異的道：「原來，你並不懂擊劍之術，但有如此功夫也算是難能可貴的。嗯，你這樣散亂的劍術也有些新意，像擊劍時還可用腿用拳，這些都是常人所始料不及的。」

項思龍雖然得他讚賞，但仍是一臉氣餒之色，想著自己原本還想憑著這點功夫去馳騁疆場，真是有點自不量力的味道。不過還好，現在有李牧傳授自己這高超的劍法，不由得又精神大振。

李牧道：「好了，我們去找個可以休息的地方。」

二人東轉西轉，終於在一山峭壁上發現一個岩洞，約有十丈見方，裡面落滿鳥糞，看來是個山鳥棲息之所。

二人緩了一口氣，再下得山來到溪邊把那破爛髒極的衣服以及滿是泥汙的頭臉梳洗了一番，隨後去樹木茂密點的地方，獵得了幾隻山兔和野雞之類，並採了些草藥回到山洞。

拾了些乾柴用火石點燃，二人均覺著幾許暖意。對於這幾天飽受那石申折磨的項思龍來說，更是覺著這一刻是來秦以來最舒適的享受了。

人就是這麼一種奇怪的動物，當生活的環境太過安逸時，反會生出什麼內心空虛、生活乏味等的感覺來。但當你落魄逃亡，饑餓寒冷時，那怕是一堆火光，一碗剩飯菜，也會覺著一種滿足，一種舒適。

唉，但是這是多麼辛酸、多麼痛苦的充滿無助無奈的自我安慰啊！

項思龍的目光中充滿了淚水，他在想他的親人朋友，他們現在在哪兒呢？又都怎麼樣了呢？

李牧沒有去驚擾他，他知道這堅強的項思龍內心現在是多麼的脆弱，他需要寧靜去平衡去振作內心的創傷。

撲鼻的香氣擾亂了項思龍的沉思，頓記起自己已經有一整天沒有進食了，肚子已「咕咕」作響的在這刻向他提出了「抗議」。

李牧這時也正手裡拿著一隻烤好的野兔向他走來，看著這滿面風塵飽受創傷但仍處事泰然的老者，項思龍的心又不禁思潮洶湧起來。

唉，自己受了這麼一點小小的挫折，竟然如此的灰心喪氣，那將來還如何去成就大事呢？

想到這裡，項思龍淒然的臉色平靜了些，他終究是一個心性堅毅的鐵血男兒，看待問題比一般人敏銳和豪放了許多。

當下接過李牧推來的烤兔，坦然一笑道：「肚子可真是餓極了！牧伯伯，你自己也吃吧！」

李牧看著項思龍，目中盡是驚喜之色，當下走近拍了拍項思龍的肩膀哈哈大笑道：「果然有著男兒本色！不愧為項少龍的兒子！也將不愧為我李牧的得意門生！」

項思龍一聽喜極下拜，連叩三個響頭，道：「師父在上，請受徒兒一拜！」

李牧見狀，又是一陣開懷大笑，慈愛的看著項思龍。

吃完後，李牧又把採來草藥替項思龍敷上，看著英俊威武的項思龍，油然道：「思龍，你說你想成就一番事業，不知你所說的事業又是指什麼呢？」

項思龍沉思了一翻道：「今天下苦秦久矣！秦二世逆反民心，眾所叛而反之，農民大眾將是反秦的主導力量，其中就需要一個愛民如子，胸懷大志的人來領導他們，推翻秦二世政權，再建新政，這也就是要以戰爭止殺暴政，給人民帶來和平歡樂，我就是要去輔佐這位聖明君主成就不世基業。」

李牧一聽，拍掌叫好道：「大丈夫理當如是也，創造時勢的人算真豪傑！思龍，有志氣！不負為師對你的期望！」頓了一頓又道：「那麼你對領兵作戰有什麼看法呢？」

項思龍知師父李牧是想考考自己，想著自己有較著他多二千多年的文化知識，況且他也熟知當今各國微妙的戰爭利害關係，當下豪然一笑道：「兵貴神速而不利久戰，久戰，士氣必挫。所謂『一鼓作氣』就是要趁著己方連勝之勢，聲勢奪人，士氣高漲之時，殺敵於驚懼之中，必勝。再者『不戰而屈人之兵』乃兵法之最，兵法有基本原則五條，其一為『度』，即敵我雙方地域大小不同；其二為『量』，即敵我雙方物質資源豐瘠不同；其三為『數』，即敵我雙方兵將多寡不同；其四為『稱』，即敵我軍事實力強弱不同；其五為『勝』，即綜上四條最終決定勝利。再有就是出奇制勝，製造有利態勢，給敵人料所不及的痛襲。」

李牧聽得項思龍這一番粗略的兵法見解，高興的笑道：「真是虎父無犬子！當年你爹領兵出戰，奇計異略百出，戰無不勝，攻無不克。看來你也不遜你爹啊！」

接著補充道：「還有所謂兵法不厭詐，什麼設伏、誘敵、包圍、腰擊、避實擊虛，以逸待勞等等。總之為了克敵制勝，要做到無所不用其極。」

接著喟然一聲歎道：「爭地以戰，殺人盈野；爭城以戰，殺人盈城；爭王以戰，殺人盈國。唉，戰爭的殺戮，實在是太重了！」

項思龍從他最後的這句話裡，深刻地感受到了這位縱橫一世的大將對戰爭的恐懼和厭倦。

於是二人就在這山上住了下來，每天雞鳴前就起來跟著李牧練劍，又與他談論兵法之道。

李牧教他的這套劍法叫作「雲龍八式」，劍法中有守有攻，但大般大都是殺著，除了第一式「守劍式」，第二式「破箭式」為主守不攻外，其他六式皆是守中有攻，攻勢為主，且招招至人於死地。但最厲害的是每一式中都有無窮變化，隨時可由攻變守，由守變攻。每劍揮出，或砍或劈，或刺或削，又卻以砍劈為多，其中都隱含著劍道的至理。

當年李牧南征東戰，在無數次的戰役之中逐漸磨練創新自己的劍法，方自創出了這套「雲龍八式」，但因他在戰場上以殺敵為主，所以式式皆含殺氣，主攻兼守。

項思龍初次正式練習古代劍法精華，醉心不已，全部身心都溶入了這套玄妙的劍法之中，一時也忘了去想曾盈、張碧瑩等眾人。

看著項思龍的勤奮刻苦，進步神速，連李牧亦是大為嘆服，稱讚不已，一個月後，他的造詣便能和李牧一樣有攻有守，打個不相上下了。

這時李牧又傳給了他一套「玄陰心法」，教項思龍每日早晚按心法打坐練習養氣之道。

三個月就這樣在這山林洞中匆匆過去了，項思龍每天都沉迷在奇奧玄妙的劍法之中，渾忘了一切，只見木棒在項思龍手中展開的「雲龍八式」的劍法，忽輕巧忽凝重，忽又變成驚天怒濤，聲勢呼嘯，讓人心寒膽落；動中有靜，靜中有動，靜時如海潮平息，動時如狂風捲沙，變化莫測，大有驚天地泣鬼神的氣勢。

這天，李牧把項思龍叫到跟前，語氣傷感而又凝重的說道：「龍兒，你現在武功已有小成，日後只要勤加練習，必成氣候。為師在你練劍的這段時日裡，已把自己畢生戰略精華寫入這本《太公兵法》之中，現在交給你，定要想著為民造福，不可為虎作倀啊！現在外面局勢動亂，你也要憑己之力去為民盡忠了。還有你也要去尋找你朋友的下落了。」

項思龍一聽，心神一斂，悲聲道：「師父，那你呢？你不跟我一起出去嗎？」

李牧淡然一笑道：「我已經時日不多了，何況功名利祿在我眼中都只是過眼雲煙，為師就打算留在此谷。你去吧，有空可回來看看師父。」

項思龍聽得神傷魂斷，黯然與這可敬師父揮淚灑別，結束了這段在他一生中最有影響的歷程，又重新奔赴到滾滾紅塵，去尋找他那希望中的理想。

# 第七章　險中求勝

日消月出，星換斗移。

項思龍在李牧這一代名將高手短短四個多月的教導之下，已然脫胎換骨。他堅毅冷漠的臉上更顯出一種令人不敢逼視的凜然正氣，卻也透出一份隱隱淡淡的哀傷。

自己現在該怎麼辦呢？項思龍思潮難息。他現在心中讓他煩惱的事太多了。父親項少龍的下落，張良臨行前的囑託，還有張方、曾盈諸人亦也不知所蹤。

這些都在項思龍心中形成一個憂鬱沉重的結。想起自己初抵古秦時，對周圍的一切都有一種夢幻般不真實的感覺，覺著眼前時代是多麼的遙遠和陌生，除了一心想著尋找自己的父親項少龍外，對其他的事從來沒有感著沉重的壓力，就連殺死石猛時也沒有。

現在雖然知道了父親項少龍真的來到了這古秦，但他亦是感到一片茫然不知所措。

因為他現在在這古秦裡經過飽受創傷和流浪的苦痛後，突地覺得這夢幻般的世界變得真實和有血有肉起來，無論在感情上還是精神上，他都不知不覺的投入到了這個神秘的古代世界裡去，並且愈陷愈深。

他亦也感覺自己已經成了這古秦世界中的一份子了，對他身邊和周圍的人也有了相應的愛和恨，但也正是這種愛和恨的心理負累，使他覺著自己在擁有了一種感情充實之餘卻又失卻了一份在這古代世界裡所沒有的民主和自由。

或許這就是封建思想的束縛吧！項思龍就這樣矛盾的想著，走出山谷時已是天色即近黃昏。

望著遠方蒼茫的蒼穹，項思龍頓時有著一種慌亂失神的感覺。

唉，要是師父在身邊就好了，自己也就有了一種依靠，絕對不會像現在這樣孤獨無助。

項思龍歎了一口長氣，定下心神。

看來只有再進泗水郡城，探聽一下那石申狗官的虛實。此著雖是冒險了點，但亦也是現在沒有辦法中的辦法。險中求勝，為了救得曾盈、張碧瑩還有張方他們，哪怕是龍潭虎穴也要去闖它一闖。也剛好可以印證自己新習的「雲龍八式」的威力如何！

暗定主意後，辨定方向，趁著夜色朝泗水郡城走去。

午夜時分，泗水郡城在望。

卻見城樓之上火把通明，崗哨密佈，城門亦是緊閉。

項思龍見著此況，心下暗想，看來現在是進不了城去了，得找個地方借宿一晚。項思龍心下想來，就四下裡在城外方圓半里之內轉了幾圈，亦是不見一個人影，家家屋門緊關，見不著一線燈火。

心中不覺大感驚奇。

怎麼？這泗水郡城難道又發生了什麼重大戰事？自己已經將近四個多月足不出戶，自是不知現今天下風雲變幻之局。

那盈妹她們……項思龍真的是不敢想下去了，心亂如麻。

難道那石申老賊沒有反秦？這裡發生過戰事？那麼按史書上記載，陳勝義軍應該攻下了泗水？

項思龍忽地臉色大變，他略略知道是怎麼一回事了。

史書上說過陳勝、吳廣所領義軍從大澤鄉起義到陳勝兵敗被手下叛賊莊賈所殺歷時只有七個月的時間，現在已經過了五個多月了，那麼只有兩個來月的工夫，這位中國第一位農民起義的偉大領袖就要兵敗身亡了，此時亦是周文被章邯擊敗，義軍開始節節敗退的時候了。

項思龍只覺著渾身冷然，心中一片空白。

自己如果趕去陳勝身邊保護，那歷史將會如何發展？項思龍也不知自己怎麼會有這種奇怪的想法。

但是自己奉命來秦，亦是要阻止父親項少龍去改變歷史，自己又怎可以身犯科呢？

項思龍第一次感覺到自己來秦後為著正事的痛苦。

不！我不能那麼做！不！我不能袖手旁觀！

項思龍的內心此時如洶湧的怒濤，讓他不能平靜。

忽又望著眼前這朦朦朧朧的泗水郡城，項思龍似猛下了什麼決心似的，暗捏了一把拳頭。

歷史我不能去改變，但曾盈、張碧瑩她們一定要救！項思龍似做了什麼虧心事似的神色黯然。

過了一刻，他又冷靜的分析起眼前的形勢來。

石申定然是倒戈反秦了，像他那等野心勃勃的人，絕對不會錯失義軍勢旺，秦政搖搖欲墜這等良機。

但是現在秦軍在章邯、王離、蘇角等大將的統領之下，擊得義軍節節敗退，所以現在泗水郡城裡人人自危，被嚇得四周以為草木皆兵，而石申此時則是進退兩難，所以只好盡力誓死一拚，令將士守備森嚴。

項思龍想到那石申這自食苦果之舉，不覺快慰了些。

繼而又想到韓自成，不覺怒火中燒。

哼！這等叛徒，害得我項思龍陰溝裡翻船。

給我碰上，非宰了他不可！

這晚項思龍找了處偏僻的破屋住下，盤起雙腿進入「玄陰心法」之中……

醒來時不覺已是天色大明，項少龍覺著精力充沛，絲毫沒有睏意，這就是「玄陰心法」的妙著，在睡覺時也可修練。

來到城下時，已是正午時分，卻還見著些疏疏落落的人群挑著或用車拉著些東西進城趕集。

項思龍想起當初和曾盈、曾範二人進城懲治石猛時所見著的趕集熱鬧場面，以及和曾盈當時談笑風生的情景，心下一片黯然。

當下走到那群趕集的人群中間，項思龍心下又是有點興奮和忐忑不安。興奮的是自己或許可以尋著張方一行，忐忑不安的是自己可是個通緝犯。

輪到檢查他時，那守門軍官看到項思龍滿臉鬍鬚，衣髒且爛，一副窮困潦倒模樣，眉頭一皺，語氣輕蔑的對他喝道：「窮小子，哪裡來的？進城去幹什麼？是不是秦軍派來的奸細？」

項思龍臉上毫不變色，沉著的答道：「草民胡一刀，從大澤鄉來，乃陳勝王手下的兵丁，進城有要事稟告石申將軍。」

那軍官似是有點驚異的再次打量了一番項思龍，譏諷的道：「什麼？陳勝王手下兵丁？嘿！我看你倒像個路邊乞丐。還想見我們石申將軍？滾！」

項思龍心下暗喜，見眾人認不出他來，便知道自己這幾個月來因衣衫不整，鬍鬚沒剪，形貌已是大變，這可方便了自己行事。

當下假裝發怒的瞪了那軍官一眼，喝道：「難道你連陳勝王也沒放在眼裡嗎？要是延誤軍情，你擔當得起嗎？」那軍官似想不到項思龍會衝他發火，當下愣了一愣，語氣放緩了些冷淡的道：「那麼你有沒有陳勝王的信函？」

項思龍索性裝到底，冷聲道：「這乃軍事機密，洩露出去，誰敢負責？要證明一下我的身分是嗎？」邊說邊走到一兵士面前，拔下他腰中佩劍，衝著那兵士面前抖起一片劍影，倏地把劍收回，只嚇得他雙腿發抖，雙目緊閉，額上亦冒出冷汗。

那軍官走上前去一看，心中一片駭然。

原來那兵士眉毛已被項思龍用劍剃光，真是失之毫釐，他的雙目便被刺瞎。

當下態度頓然恭敬起來，口中連連道：「對不起大人，我們有眼不識泰山，方才多有得罪，還請諒過末將，此也是職責所在，我們方才……」

項思龍心下竊笑，但裝出長者姿態，淡淡的道：「剛才的事就算了，以後不得再以貌取人，現下我身分暴露，得儘快見著石將軍。」

那軍官奉承的道：「小人這就為胡大人帶路。」

看著這傢伙那鞠躬卑膝的醜態，項思龍心中一片大爽，覺著大洩胸中剛才所受的怨氣，更想不到的是自己竟可以這樣輕鬆的找著石申。

二人穿過一排平民房，好一會才到了石申府第。

石家大宅是這泗水城中最宏偉的府第，不過若稱它為城堡更為妥當點。四周圍以高牆厚壁，又引水成護河，唯一來往的通道是座大橋，附近全是園林，不見民居，氣勢磅礡，勝比王侯。

那軍官在大門報上姓名，立時有個自稱是管家石正的中年男人，親自為他們引路入府。

通過一條兩旁都是園林的小石板道，一座巍峨府第赫然矗立眼前。

這老小子可真懂享受，項思龍心中暗咒道。

進得府內，便見到一廣闊的園林，園內又有兩亭，都架設在長方形的水池上，重簷構頂，上覆紅瓦，下面是白石台基，欄杆雕紋精美。

先無論奇花異樹，小橋流水，曲徑通幽。只是這兩座亭，便見石申這老小子還確實有品味和雅致。

主宅在園林的襯托下，更是氣象萬千，比之一般王侯之家也不遑多讓。乃坐北朝南格局，面闊九開間，進深四間，呈長方形，上有重簷飛脊，下有白石台基的殿式大門。宅前還有小泉橫貫東西，上架兩座白玉石欄杆石橋，宏偉壯觀得使人難以相信。

項思龍第一次見到古代這種宏偉建築，心下更覺詫異，湊到那軍官耳邊低聲道：「石大人的府第可比陳勝王的還要華麗！」

那軍官似是有點引以為榮，語帶自豪的道：「石大人在泗水城裡可是能讓泗水翻手為雲，覆手為雨的人，府宅自是非一般人能比。」

倏又覺著說錯了話，臉色一變，見項思龍正神色古怪的看著自己，忙恐聲道：「當然比起陳勝王府又是差遠了。」

項思龍見他如此會見風使舵，暗忖此人定是個拍馬屁的高手。

那石正突在一大廳式門前停下，轉身來對項思龍二人淡淡的笑道：「二位請稍等一下，待在下進去稟告石大人。」

二人默然無語的站在門外，好一會那石正才領著他們到了大廳。

大廳佈置豪華，以紅地毯鋪地，屋頂扣有一個造型華麗的寶頂，正中處是兩張虎皮太師椅，兩旁擺有古色古香的紅木長椅和茶几。

那石申此時從堂後邁著八字方步緩緩走出。

見到二人神情冷漠，微微點了一下頭，算是打過招呼，坐在了虎皮椅上。

那軍官似是很懼怕石申，顫巍巍的走上前去卑聲道：「小人參見石大人！」頓了一頓又道：「這位胡一刀將軍說是陳勝王派來，有要事稟告大人，小人斗膽為他領路。」

石申目光掠過項思龍身上，冷冷道：「好了，你退下！」接著盯著項思龍道：「你真是陳勝王派來？我看閣下身材有點眼熟。」

項思龍心下一緊，知是自己這高大的身材在這古代人中少之又少，石申有點懷疑自己了，看來要先下手為強，當下哈哈一陣大笑，站起來朝石申走去道：「石大人覺得在下像誰呢？不會是什麼反賊吧？」

石申聽出他語中帶刺，臉色一變，喝道：「站住！嘿嘿，不管你是什麼人，待會我就知道了。」

說完把手一擺，大門和後堂處湧出一批手持彎箭的武士。

項思龍心下大驚，暗想這石申果然是老奸巨滑，明明已經懷疑自己了，還讓得自己跳進他陷阱時才露出猙獰面目。當下又是一陣哈哈大笑道：「石大人向來以此為待客之道嗎？胡某冒死前來告知大人章邯大軍已揮軍南下，攻我軍勢如破竹，正乘勝追擊，已經快兵臨泗水城下。」

石申雖老奸巨滑但還是被項思龍這番話唬住，臉色陰晴不定，冷冷的道：「此情我已知曉，何必你來告之？你來此到底有何居心？」

項思龍佯裝歎了一口氣道：「我本是來告知大人，陳勝王已派宋留將軍帶領十萬援兵來助大人守城，誰知郡守竟如此對待在下。」

石申似被誘惑，將信將疑的道：「此話當真？怎麼大軍還沒有到來？」

項思龍此時已知眼前危機已暫緩過來，心下暗鬆了一口氣，悠慢的道：「宋將軍現在駐軍大澤鄉，特令在下來稟大人，待在下回去告知這邊情況後，才會率軍前來。」

石申這時突地一陣大笑道：「好，算我信過大人！但現在還得得罪一下，待我派人前去大澤鄉探聽一下，若果有援兵到來，那時卑人將恭送將軍前去迎接。」

項思龍想不到他竟然如此奸詐，恨得咬牙切齒，但也實在無法，當下淡然道：「既然如此，那就全由大人定奪好了。」

項思龍被軟禁在一間廂房裡，裡面環境還不錯，有床有桌有茶水且還有人送飯菜過來。只是這廂房四周卻有重兵把守，讓人感覺危機四伏。

現在自己該怎麼辦呢？雖隨機應變之下暫騙得石申，但過不了三天，自己這西洋鏡將會被拆穿，若在這三日之內還救不出曾盈他們，那情況可就危險了。得想個法子溜出去探聽一下消息，可是怎麼才能避開這重守呢？

項思龍又感覺頭痛了，雖然自己是抱著冒險心理來闖一闖的，但自他與石申第一次較量後便知道，如果硬來，只會把事情弄糟，因為石申為人太過陰險了。

項思龍沉思了好一會，似想到了什麼辦法似的，緊鎖的眉頭鬆了開來。

入夜，項思龍推開門來，立有兩名武士把他阻住。

項思龍歎道：「兄弟，我想去方便一下也不行嗎？你們要是放心不下，就跟著我好了。」

那兩名武士果然把他領到一茅廁旁，正身道：「對不起大人！我們只是奉命行事，請便吧！」

項思龍察看了一下周圍形勢，見這裡燈光昏暗，樹影重重，遠處有著人影晃動，暗道這裡的確是個好地方！走過去拍了其中一個武士肩頭一下，道：「兄弟，可不可以去給我拿些手紙來？我忘了帶，現在……」做了個古怪的手勢，趁那武士一愣之下猛按了一下他的昏穴，另一手則抵住站著那武士的後背，低喝道：「別動！要不然我就一刀刺死你！」

那武士果嚇得一動也不敢動，眼中又怒又驚的望著項思龍。

項思龍詭異一笑，從兜裡掏出一顆紅色的丸粒遞給那武士，冷聲道：「把它給吞下去，我就放了你！」

那武士駭異的望著項思龍，不知道他葫蘆裡賣的什麼藥，但為了保命，還是乖乖的把那怪丸吞了下去。

項思龍微微一笑，把手縮回，又走到那昏倒的武士跟前，扮開他的嘴巴把丸子塞了進去，弄醒後，低聲道：「你們兩個都吃了我特製的毒丸，二十四個時辰之內若無我的解藥，你們就會毒發身亡，但是只要你們乖乖的聽話，我就會把解藥給你們。否則，哼！」頓了一頓，又道：「還有，你們不得把今晚這裡的事跟任何人提起，知道嗎？」

那兩個武士驚若寒蟬，連連應是。

自己的小命都在人家手裡握著，還有什麼能不答應的呢？

項思龍心下暗暗竊笑，想不到自己此計如此輕鬆成功，更妙的是那兩粒什麼「毒丸」是他用送來的飯菜做成。

項思龍隨二人回到房裡，命他們去找些攀沿的鐵鉤繩索和鋼鋸細鐵絲等什麼來。並要了一把佩劍，準備妥當後夜半時分，命二人守住房門，自己則往石申的住處走去。

眾衛士見他身著武士服也沒有在意他，不久便來到一偏僻處，扔上鐵鉤繩索，爬上了屋頂。

這些他在特種部隊軍訓時都是家常便飯，現在派上用場自是易如反掌。

幸好這房頂是厚實的紅瓦蓋成，一個人的體重還禁受得住。

項思龍俯下身體，慢慢的向石申住處爬去，突地聽得下面傳來異樣的呻吟。只聽得一女人聲息嬌喘的道：「小蓮，舒服嗎？」另一個女人嬌吟一聲，沒有聲息。

先前那女人忽又歎道：「唉，這些天來，那韓公子也不來奴家這裡了。」

項思龍聽得一驚，韓公子？莫不是韓自成？

原來這小子果然投靠了石申。

耳中卻聽得那小蓮道：「夫人，你又不是不知道，現在秦兵勢如猛虎，打得義軍節節敗退。老爺這幾天都與韓爺急得團團轉，整天都在密商大事呢？」

聽得那夫人又道：「哼，密商大事？這是自作自受！還有那韓自成整天都只知道去纏那張碧瑩和曾盈那兩個丫頭，可人家卻不理睬他。想來個霸王硬上弓卻又怕人家自殺，真是蠢蛋，不知道用迷藥嗎？」

那小蓮接口道：「這事可也是不能太過張揚，要是傳到陳勝王耳中，知道韓爺作下此等醜事，不殺了他才怪。」

那夫人道：「其實他還不是怕項思龍和那張良？現在項思龍逃了出去，定要來找這二女，要是他聯合他岳父張良，那老爺和韓自成可有得苦頭吃。

「聽說那張良可是韓國名將重臣之後，暗暗培訓了一批武士，勢力挺大呢！

老爺之所以沒有動他們，還不是想借這兩張王牌逼那張良向他就範？但不知怎麼過了這幾個月了，怎麼還不見那項思龍的影子，莫不是死了？我看韓自成那色瞇瞇的樣子，可能是想對兩個丫頭動手了。唉，管他那麼多呢，咱們來取樂吧！」

項思龍聽得心下暗暗大驚，冷汗直冒。

自己要是再來遲一步，那可就糟了。得了這麼重要的消息，項思龍已無心再聽下去，知道室內二女又是在虛鳳假凰，顛鳳倒鸞了。

項思龍輕手輕腳的朝石申住處走去，剛到得那屋頂，只聽得石申道：「今天來的這個自稱陳勝王身邊武士來傳資訊的人肯定有詐，想對我們意圖不軌，幸好我留了一後著，把他制住。」

另一個聲音道：「我在側旁看過這個人，覺得他的身影很熟悉，像他那麼高大的人，甚是少見。」聽聲音果然是韓自成。

石申道：「你是說他像項思龍？可樣子變得太大，我也不敢肯定。再說他所傳來的消息也確誘人，據探子回報大澤鄉果有義軍駐紮，但還不知統領是誰。」

韓自成道：「我們還是不得不防。若果真是項思龍，張良或也就來了。」

石申道：「張良果真就那麼厲害？」

韓自成似有餘悸的道：「這人貌不出眾，但卻智謀過人，手下能人異士不少，我雖是跟隨了他四五年，還是不清楚他私下有多少勢力。他是韓國將王之家，號召力也挺大，若隱在各處的舊日韓餘勢與他會合，其勢更壯，那我們就有得麻煩了。」

石申一聽奸笑道：「我們還有張王牌在手呢！」

二人當下又不知在嘀咕些什麼，項思龍再也聽不清楚，暗暗猜想可能是對二女不利的奸謀，當下心中大急，忙起身準備轉身離去，誰知卻不小心跸了一跤，頓時弄出響聲來。

室內二人大驚，同聲暴喝道：「誰？」

接著石申又大喊：「有刺客！有刺客！」

頓時各處火把人影晃動，寧靜的夜頓給攪鬧起來。

項思龍知道無處可匿，頓從屋頂跳下，剛好石、韓二人也提劍縱出。一見項思龍，那石申臉色微變，後又獰笑道：「哼，你果然是項思龍！你殺死我兒子，現在我要與你舊帳新帳一起算，讓你進得來出不去。」

項思龍聽得這話一陣哈哈大笑，冷聲道：「項某既來得就也去得，不過去時要帶上你們兩個項上人頭！」

項思龍此時是藝高人膽大，全豁出去了。

石申想起獨生兒子被項思龍所殺，就已恨不得把項思龍給吞了下去，以洩心頭之恨，亦想引張良出來為己所用。現見項思龍如此狂態，怒極反笑道：「好膽色！數十年來從來沒有人敢在我面前說出如此狂話，好！你有本事就來取吧！今天我石申若不教你死無全屍，我就自動把頭獻上！」

這時門前已站滿了聞聲趕來的兵士，都架著彎箭對著項思龍。

場中此時寂靜非常。

那石申緩緩的走到離項思龍四五尺遠處站定，目中射出陰冷的怒火，讓人感覺殺氣四溢。

如此濃重殺氣，項思龍對敵以來第一次深刻感到，忙收斂心神，凝神戒備。

那石申解下腰中佩劍，拿在手中，緩緩拔出，把劍鞘扔在地上。

項思龍亦在殺氣湧升時展開「雲龍八式」中的第一式「守劍式」的起手式。

雙方就這樣對峙起來。

空氣凝重的像灌了鉛般的沉重。

突地石申猛喝一聲，手中長劍一抖，發動攻勢，身前忽地爆起一團劍芒。

項思龍從未見過這麼快的劍，只見對方手微微一動，劍氣立即迫體而來，忙也展開劍式迎敵。

只聽得「鐺、鐺、鐺」，二人手中長劍連連磕碰，均感對方劍勢力道沉重如山，不由各退半步。

石申收劍卓立，雙目異色一閃道：「果然有兩下子，怪不得敢如此狂傲。」

原來石申剛才想猛出一奇招，讓項思龍失卻先機，再出快捷劍法，讓項思龍沒機會出手攻擊，誰知對方劍法精妙，臂力亦強，自己絲毫沒有討到什麼便宜。

其實不要小看這「守劍式」，使起來雖是說快不快，說慢不慢，但卻沉穩之極，對手無論從哪個角度進招，皆可守中有攻，迫得對方有無從進手之感。

想當年李牧身經百戰，閱盡劍中高手無數，吸他們劍法之精華，始才自創出這一套「雲龍八式」，自是厲害無比。

不過項思龍亦感對方劍式凌厲無匹，奧妙精奇，若換在自己以前，現在必已是身首異處，含恨九泉了。

想到這裡愈發覺著「雲龍八式」確是劍法中精華中的精華了。

石申忽地又猛喝道：「第二劍！」

「唰」的一聲，對方長劍照面削來。

項思龍全神戒備，但石申這一劍仍讓他泛起一種無從招架之感，頗像他「雲龍八式」中的「守劍式」，但其中隱含的殺著卻又像主攻不守的「旋風式」。

項思龍猛的一驚，忙施展「雲龍八式」中最具殺傷力的第八式「乾坤式」。旁人頓覺漫天劍影把二人重重圍住。厲劍相交擊之聲不絕於耳。

突地聽得一聲輕哼，劍影頓消，卻見項思龍手臂鮮血直流，但手中長劍卻已抵至石申咽喉。

石申此時面如死灰，提劍的手腕處亦也見著血跡，只聽他長歎一聲悲哀的道：「我輸了！」

這一聲中所含的淒涼只有他自己知道了。

原來石申乃是齊國當年有號稱「劍聖」曹秋道的關門弟子，盡得曹秋道真傳，後來齊被秦滅，秦始皇下令緝殺他們，師徒兩人逃散，石申逃到這泗水郡城住下，隱名埋姓，終日躲躲藏藏，後來他救了這泗水郡城守一命，被他收留。憑著他的高超劍術，屢建奇功，被郡守提拔並將女兒許給他，後郡守病死，因他此時手撐兵權，勢力龐大，所以接任了郡守一職。有權有勢後，他野心暴長，私下裡暗培私力，等待機會陰謀復齊，誰知項思龍殺死他獨生子石猛，頓時氣極敗壞，誓要緝拿項思龍。然抓到項思龍後，又覺得一刀殺了他，難洩心頭之恨，想慢慢折磨死，亦聽韓自成之言，把曾盈、張碧瑩、張方諸人抓了起來，想引出張良，誰知偷雞不著反蝕把米。十年前他費盡心血抓來的李牧和項思龍一起逃走，使他想得到李牧神妙劍法和那縱橫沙場的兵法的夢想成空。現在又想不到被項思龍擊敗，他一向自負劍法天下無敵的幻想也皆成空，頓覺萬念俱寂，心如死灰。

項思龍此時亦也是面色蒼白，手中長劍雖然指著石申，但卻知道自己已是力不從心，此時若再有人向他突襲，他是必敗無疑。

場中的氣氛頓時緊張起來。

那韓自成此時卻也是面如死灰，目光駭異的望著項思龍。

而就在這時，卻見那上次帶兵提拿項思龍的武將，押著兩個女人出來。

項思龍聽到身後有響聲，轉目望去，頓時嚇得魂飛魄散之餘又是驚喜之極，原來押來的兩人是曾盈和張碧瑩二女。

二女憔悴許多，面帶紙色，想是這幾個月來擔心項思龍而心神交瘁之故。

二人見著場中的項思龍，喜極而淚下，掙扎的同聲道：「思龍！」

韓自成這時見著二女，精神頓時大振，走了過去，又轉過身來神氣的衝項思龍喝道：「你不要亂來！千萬不要傷著了石大人！否則，哼，你兩個妻子就休怪我辣手無情！」

項思龍恨透了這個卑鄙無恥的小人，目中朝他閃過一陣厲芒，只嚇得那韓自成不由自主的心神一驚。

這時卻聽得石申衝那武將擺了擺手，傷感的低聲道，「放了她們兩個！」那樣子像是一下子蒼老了十年。

項思龍和眾人均是一愣，只見那武將依言放開了二女，靜站一旁。

曾盈和張碧瑩一陣歡喜而又悲傷的嬌呼，奔上前來撲在項思龍身上。

項思龍此時亦也放下了手中長劍，扔在地上，緊緊的抱住這二個讓自己日思夜想的愛妻。

那石申突地又長歎一聲，打破項思龍與二女久別後的歡聚道：「項少俠，你走吧！我石申敗在李牧手中，亦是心服口服！」

原來石申自項思龍一發動劍勢就已看出項思龍是李牧之徒，並盡得其真傳。

想當年他與李牧一戰，二人相鬥了有百餘回合後才敗給他一劍，後回去精研李牧劍招破解之法，誰知李牧在這十年牢獄之中亦也創了如此神妙的劍法呢！自己竟然連人家徒弟兩招也接不下。這些思想都已經讓他心灰意冷了，所有的雄心壯志都在這一刻裡化作了泡影。

自己終非天下無敵，人外有人，天外有天，這何談成就大事呢？

忽聽得他又喃喃說道：「想我陳平，一生總想復我齊國，誰知一切都只是空想。秦兵已兵臨城下，我時日不多矣！」

突地又叫那武將過來道：「周昌，你領項少俠去把張方他們放出來，讓他帶走吧！」

項思龍聽得這番話，只覺猛地一驚，失聲道：「你是陳平？那不是劉……」項思龍赫然住口，模樣古怪的看著他。

因為他突地記起史書中說過陳平和周昌兩人都是劉邦手下的得力助手，尤其是陳平更是功業卓著，被劉邦任命為相，而周昌卻被封為趙相，誰知在此地此等情況下與兩人相見呢？

陳平聽得項思龍欲言又止，似是相識自己，不由得大驚道：「難道項少俠認識陳某？」

不過在他心中想來這是絕不可能的事，自己的真正來歷在這裡除了自己知道外，絕無第二人知曉，連夫人也不例外，看這項思龍只有二十來歲，怎麼可能知道自己來歷呢？何況當年齊國未亡時，知曉自己的人也是寥寥無幾。但是他怎知道項思龍是來自他們這個時代後二千多年的人，當然熟知他們這個時代的歷史呢？

# 第八章　盡釋前疑

項思龍知是自己說漏了嘴，幸好止住得快，但現下也不知怎麼回答陳平，唯唯諾諾的道：「嘿！我當然認識陳大人，自我們較量之日起，我就在勾畫陳先生模樣，何況我們已是久戰沙場了呢！」

陳平雖是覺著項思龍此語說了也是白說，並沒有真正回答他的問題，心下大異，但也想不出什麼頭緒來，坦然一笑道：「項少俠開得什麼玩笑來？不過我們是不打不相識。若項少俠能不計前嫌，陳某倒想邀請項少俠到府上去喝杯水酒。」

項思龍想不到陳平前後竟轉變這麼大，自己殺了他兒子，但現在似也不計較，覺著有點怪異，但想起這陳平到時是劉邦手下重臣，想也不會是太壞之人，或許是自己今日一戰才改變了他一生呢！

想到這裡，哈哈一陣大笑道：「重英雄惜英雄，今日與陳先生相識，實乃項某平生最快之事。好，難得陳先生如此大量。項某今日就大有打攪了。」

陳平聽他說似是大喜，走上前來握住項思龍的手道：「好！難得項兄弟有如此膽色，竟然不怕陳某將會暗算你。就憑你那句新意的重英雄識英雄，陳某今日也就交定了項兄弟這個朋友，哈哈！」一陣開懷大笑，盡顯心中欣喜。

眾人卻是看得面面相覷，只有那周昌嘴角顯出一絲難得的笑意，使得一向冷冰冰的臉上像著了春意。

項思龍就在這陳平府住了下來。

曾範、張方等人見著項思龍又有一番別後欣喜暢談。

張方傷感的道：「唉，張某以為此生再也沒有機會見項少俠了！」

此話一語雙意，一為自己認為項思龍很難有逃生的機會；一為感覺自己或許已無重見天日的機會。誰知事情竟發生了戲劇性的變化，項思龍和陳平竟握手言歡呢？

項思龍也是感慨一番道：「現在已經是雨過天晴了！」

曾範這時道：「你就是喜歡相信別人。昔日你仗義想救下我們一行，誰知竟失算了呢？還好，古人自有天相，大家都能安然無恙。」

張方一陣朗然大笑道：「我們都是托了項少俠的福。」然後又詭笑道：「我想現在韓自成定被思龍你嚇破了膽了吧！」

項思龍恨聲道：「這叛賊，我饒不了他！」

張方沉默了一陣，突然道：「你想陳平會不會有什麼陰謀？你殺死了他兒子，現在又劍術遠超過他，像他這樣老謀深算的人，不嫉妒才怪呢。」

曾範接口道：「會不會是想籠絡思龍？像思龍這樣的人才，任何一個想成大事的人都想據為己用。如若不成，定會殺之而免留後患。」

項思龍此時被二人一說，心中禁不住矛盾起來。

難道這個陳平不是史書中記載的陳平？若果是這樣，那自己一行可就危險了。但是怎麼會那麼巧合，還有個周昌呢？

再者，陳平那晚雖是敗了，但他亦也會看出自己已經力竭，何況當曾盈、張碧瑩二女向他撲來時，他已經是毫無抵抗之力了，那時陳平若要擒殺自己，豈不是易如反掌？難道他真的是想籠絡自己，為他所用？那這人演戲的技巧當可得影帝之尊了。

但看他被自己打敗後的那副神態，可不像做作啊！

唉，無論怎樣，自己也得防備一下，為以後留條後路，不過若他真是想利用自己，近日應該不會有什麼危險。自己要趁這段時間，把曾範、張方他們安全送走，留自己一個人靜觀其變。那時若真發生變故，要逃走自己也無後顧之憂。何況自己等人或許是杞人憂天，人家根本是一副誠意呢？那豈不是以小人之心度君子之腹？

這樣想來，項思龍心下已有了打算，坦然笑道：「兵來將擋，水來土掩。我們現在何用去想那些還屬子虛烏有的事情來自尋煩惱呢？人生得意須盡歡，走，咱們去喝他個一醉方休。」

張方和曾範三人均是面顯詫色，對項思龍這從來沒有聽過的連珠妙語感到驚奇不已，而對方又似信口拈來，毫不費心。都對項思龍的才思敏捷感到欽佩非常，但更主要的還是他這種樂觀的人生胸襟。

項思龍一見二人神色，頓知自己又盜用了「前人」文化遺產，不覺赧然一笑。

項思龍正在房內與二女盡纏別後柔情，忽聞石正來報陳平請他去赴宴，頓感興趣索然，摟著二女，一人親了一下道：「待會回來再來索取我這幾個月來寂寞的溫柔鄉。」

在二女嬌羞的嗔怒中，項思龍隨石正去見陳平。

這是一個大型會客廳，大約有二百個平方，一張大圓几擺在廳心，團布了十多個位子。

在出席的這些人中，除了陳平和周昌外，其他人對項思龍來說都是生面孔。

陳平一見項思龍進來，忙站起迎上，拉過項思龍的手，哈哈大笑道：「打攪了項兄弟與二位夫人的好事了吧？」

項思龍尷尬的一笑道：「哪裡？小弟與陳大人頗有知遇之感，也正想去找大人聊聊呢。」

陳平拉著項思龍坐在他下首，對眾人介紹道：「這位就是當年名震七國李牧將軍的得意門生項思龍。嘿嘿，在下在項兄弟手下也難敵過兩招。」

這時坐在項思龍對面的一四十許開外，身材瘦，鼻樑高起若鷹嘴，濃眉銳目的中年漢子目光異光一閃，狠狠的盯了項思龍幾眼。

項思龍雖覺他的目光令人心寒，但也毫不在意，只是在猜想著陳平請他來赴宴的用意。

陳平忽然說道：「英雄配美人，寶劍贈烈士。項兄弟年少英雄，武藝超凡。陳某現有二樣東西想轉贈思龍，還請萬勿推辭。」

項思龍心下一突。來了，看來陳平果然對自己心懷叵測，想收買自己。不覺心中一種異樣感覺。

這時只見陳平拍了兩下手掌，立有一個翩翩起舞的絕色少女來到跟前向兩人請安後，楚楚動人的退站一旁，一雙秀目卻不時往項思龍偷飄過來。

項思龍看得心神不由一蕩。

看這少女年齡絕計不會超過十八，身材凹凸有致，櫻桃小口，秀眉如彎月，白皙柔嫩的臉蛋顯出兩個淺淺酒窩，一笑時別有一番讓人怦然心動的風情。

陳平看得項思龍臉上神色，哈哈笑道：「這第一件禮物就是美姬玉貞，她可是個不可多得的絕色美女，琴棋舞曲無一不精。項兄弟若心煩時亦可讓她給你解氣消悶啊！」

說完招手叫過那美女玉貞，對她道：「以後你就是項爺的人了，可得好好侍候項爺。」

項思龍正想推辭，陳平又道：「第二件禮物呢，就是這把尋龍劍。」

只見他從桌底拿出一個約五尺來長的紅木精美長盒，打開來，拿出一柄劍鞘烏黑的長劍，劍柄有顆豌豆般的鑽石鑲上，拔出劍時，只覺一陣寒光逼人。

項思龍不由得叫了聲：「好劍！」

陳平微微一笑道：「項兄弟真是慧眼識珠啊，這柄尋龍劍乃當年李牧將軍之物，在下把它暫借過來一用，現在只是物歸原主罷了。」頓了一頓又道：「希望項兄弟不要計較，我陳平當年確是做過不少惡事，望此能略解前仇。」

項思龍心知肚明他說的是怎麼一回事，但既是師父李牧之物，自己接收過來也是收之無愧，當下微微一揖道：「那就多謝陳大人。」

說罷接過佩劍掛在腰間，而這時那玉貞美女則過來給項思龍斟酒，且站在身旁侍候，果真是個體貼可愛人兒，但想著等回收她回去後，曾盈、張碧瑩那將陰沉的臉，項思龍又沒了那份風流勁兒。

這時項思龍對面那陰沉的中年漢子站起，對他冷漠的道：「在下田橫，久仰李將軍大名。今日得遇其高徒，想請教一下項少俠神妙劍法。」

原來這田橫卻是當年齊相田單的大兒子，秦滅齊時也被他逃出，知曉陳平思謀復齊之後，來投靠他，因其武功深不可測，連陳平亦也不知他造詣有多深，所以頗得陳平器重。

現今見項思龍在陳平面前如此得寵，心生妒意，便想出面殺殺項思龍威風，亦也不相信項思龍劍術真如陳平所說那麼厲害。

陳平一笑接口道：「難得田兄有如此雅興，那麼二位就比試一下來助酒興吧。不過此乃相互切磋技藝，決不可猛下重手傷了和氣，只可點到即止。」

項思龍聽得陳平如此說來，知已推辭不得，況又新得寶刃，也是意氣風發，想試試寶劍威力到底如何。

自從與陳平一戰以來，他就對自己劍術信心大增。不過這田橫既有膽色向自己挑戰，手底下自有些真功夫，自己倒也不可疏意輕敵。

當下也緩緩站起，走出席中到田橫對面站定道：「請教了！」隨即平靜下來進入「雲龍八式」第一式「守劍式」養性狀態。

田橫側身面對項思龍，擺開架勢，雙足弓步而立，坐馬沉腰，上身微往後仰，在燈火下爍芒閃閃的金光劍遙指二十步外的項思龍，劍柄緊貼胸前，使人感到他隱藏著強大的力量，正蓄勢待發。

項思龍亦感到一種沉重壓力，這種壓力卻比陳平劍法中的殺氣更讓人緊張。雙目直盯對方，尋龍劍斜指地面。

兩人雖然未動手，但場中氣氛卻是沉重起來。

陳平似也感到有些意外，在他心目中，項思龍能二招勝他，對付這田橫應是舉手之勞，但項思龍此時對田橫的神色似比與他比劍時更是凝重。

其實陳平一向認為自己劍法天下無敵，那是他個人一廂情願的空想。自認為自己是威振六國「劍聖」曹秋道的徒弟，再加上自己悟性較高，對見過的劍法能過目不忘，且能從中舉一反三自創劍法，在所對敵的敵手中，除當年李牧勝他一劍外就罕有敵手，再加上他這麼多年來對劍術的浸淫，所以自負得很。

這也正應了古時七國所論的「齊人好幻想」這句話來。

驀地田橫兩眼射出森寒殺機，猛一挺腰，借力手往前推，金光劍電射而出，帶著嘯嘯風聲，疾刺項思龍肩下脅穴，又準又狠。

觀者頓時爆出震天喝采聲。

項思龍神色平靜，一聲不響，往後側斜退一步，扭身，尋龍劍離地斜挑，正中金光劍尖，正是對方力量最弱之處。

「鐺」兩劍相互交擊，金光劍頓被蕩開。

田橫面色微變，想不到項思龍劍法藏巧於拙，如此神妙，但只稍怔一怔，連忙變招，只聽「哩」的一聲，舉劍直劈，倒頗像現代東洋刀之勢。

項思龍暗吃一驚，想不到對方劍法看似劍招簡單，實側招招隱藏著逼人的氣勢，且暗含殺著實是到了化拙為巧的劍法高峰。看來田橫劍法略高於陳平。

項思龍收攝心神，展開「破劍式」。

但見劍芒點點，頓時漫天劍影把項思龍裹在中心，使人看不清劍招虛實，只見四面八方都會有利劍襲來，田橫自是猛吃一驚，忙身體一個右側，手腕一沉一伸，由直劈改為橫掃，擋住對方虛實不定的利劍。

項思龍豈會放過此等良機，倏地劍影猛收，尋龍劍由左側自下而上成斜面擊來。這也就是「破劍式」的精妙所在，通過劍影使敵方迷惑於劍身虛實，成守勢時亦不知防守何處，而後從對方最薄弱防守處出其不意的一擊。

田橫此時已嚇得亡魂大冒，忙晃身疾退，但項思龍劍鋒已削掉了他的一片衣角。

眾人看得臉色大變，只有田橫知道項思龍手中長劍在他腰間頓了一刻，手下留情了。

不由得收劍卓立，向項思龍投來感激的目光。

陳平亦是在驚訝中覺醒過來，哈哈大笑的走到兩人中間道，「如此驚心動魄的劍術比試，陳某還是第一次大開眼界，項少俠劍術高超，令人歎為觀止。」

這話已是明顯的說是項思龍勝了，田橫面色複雜的老臉一紅，退回席中，默坐無語。

再次坐定後，眾人頻頻向項思龍敬酒。

這時陳平忽又道：「陳某有一事相求項少俠，不知能應允乎？」

項思龍雖是酒醉意亂，但還是保持著清醒，正色道，「項某承請陳大人看得起，盡釋前嫌，若有能力幫得上忙之處，小弟自當效勞。但若項某愛莫能助，倒請陳大人見諒一二。」

陳平目中似是異光一閃，笑道：「我自是不會強項兄弟所難的了，其實也是小事一件，那就是請項兄弟高抬貴手，放過韓自成一馬。」

原來韓自成不知何時已到了陳平身旁，目中盡是驚懼的望著項思龍。

也難怪，心中有愧，又見項思龍連挫陳平和田橫兩大高手，怎叫韓自成不對項思龍驚若寒蟬呢？其實若論箭法，項思龍自是望塵莫及，上次他只是施小計用金釵飛針神技把他唬住罷了。

項思龍見著被自己已嚇破了膽的韓自成，心中雖是憤恨不已，但想著自己若不是他，怎可學得那李牧的絕世劍法，何況自己又是「奪」他所愛，在張良面前搶盡他的風頭，也難怪他恨自己來了。這樣想來，項思龍的氣消了大半。

他終究是個心腸慈軟的人，既然己方也無什麼損傷，那就暫且放過他吧，若他日再犯自己手中，定是再也沒有什麼情面可講了。

當下遲疑一番後，略點頭道：「既然陳大人如此說來，在下就此作罷了。」

韓自成一聽臉露喜色，走過來端起一杯酒一飲而盡，面現愧色的道：「小弟以前多有得罪之處，幸得項兄能不計前嫌，這下以酒陪罪了。」

項思龍冷漠的看了他一眼道：「韓兄何罪之有？只是張公看錯人罷了。」

韓自成臉色一紅，低下頭去，默然無語。

陳平又是一陣大笑道：「今日項兄弟攜寶劍美人回歸，我們為他乾一杯以示祝賀。」

眾人紛紛舉杯，連韓自成和田橫亦也起杯輕嘗。

項思龍領著美姬玉貞往自己廂房走去，心下卻是誠惶誠恐起來。

玉貞卻也乖巧的跟著他，一路含羞無語。

來到房門前，項思龍遲疑了半晌，回頭看了身後這美女玉貞，見她一雙秀目正楚楚動人的望著自己，心下更是慌亂，猛一咬牙，推開房門。

曾盈、張碧瑩二女和衣斜靠在床上，似是睡著了，聽得響聲，頓都醒了過來，見著項思龍身後跟著一個絕色少女，都瞪大了眼睛望著他倆。

項思龍只覺臉頰通紅，唯唯諾諾也不知怎麼開口說起這事。

玉貞則垂下俏臉，五指不安地扭弄著衣角，模樣兒動人極了。

張碧瑩這時繃著臉站起身來，走到項思龍面前，冷冷的氣道：「我和盈妹都等著你回來，誰知你……」雙眼竟紅了起來。

項思龍知道此時先要哄著她們，然後再向她們解釋。當下裝作嘻皮笑臉的道：「等著我回來向你們索取賠償嗎？好，那今晚我就來個一箭雙鵰。」

張碧瑩沒有理睬他，指著他身後的玉貞悲聲道：「你不是和她已經幹過好事了嗎？你說她是誰？」

項思龍心想女人吃起醋來可真是什麼道理也難講，歎了一聲道：「她是陳平派來服侍我的婢子。」

那玉貞此時雖是嚇得淚珠盈盈，但仍是乖巧的上前來拂了拂身道：「奴婢玉貞，叩見兩位夫人。」

曾盈見著這憐人的美婢，不禁心中一軟，臉色雖是難過之極，但仍走上前來把玉貞扶起，輕柔的道：「不必行此大禮，起來吧，以後我們都是一家人。」

玉貞不由感動的撲進她懷裡輕泣起來。

一時氣氛變得沉默非常。

張碧瑩似乎氣也消了些似的，嗔了項思龍一眼，走去拉過曾盈的手，氣恨道：「我們到隔壁房睡去！」

項思龍一把把她們攔住，低聲下氣的道：「兩位姐姐饒了思龍好嗎？」語意說不盡的柔和委屈。

張碧瑩「撲哧」一聲笑出，賭氣道：「等我們想通了再來找你！」說完拉著曾盈推開項思龍的雙手，揚長而去。

項思龍心下叫苦，自己苦熬四個多月到今天才有機會一親溫柔之鄉，誰知……不過見著二女最後離去的神色，知是對自己擅自收留婢女玉貞一事已是不再計較了，不由心中大樂。

那玉貞這時忽嬌聲道：「公子還沒有淋浴吧？讓妾身來侍候公子。」接著低聲道：「那是小女子最大的榮幸。」

項思龍不由心中一蕩，問道：「你侍候過多少男人入浴？」

玉貞俏臉羞若桃花，垂首道：「小女子此身非己所有，陳大人吩咐賤妾怎樣就怎樣，不過，賤妾以後是公子所有，只聽公子一個人的。」

項思龍聽得慾火頓起，抱了玉貞嬌柔的身體往浴室走去。

兩人赤裸地站在及腰的大浴盆裡，由玉貞澆水為項思龍洗身，舒服得他差點要喚娘。玉貞則已是俏臉紅霞如燒，秀目放光，欣賞著他強壯有力的肌肉，纖手輕扶著他比一般男人寬闊得多的胸膛，細細摩擦。這麼動人的男子，她還是首次見到，禁不住春心蕩漾，何況她還有任務在身……

項思龍完全沉醉在與這美女全無間隔的接觸裡，感到她豐滿的酥胸不住揩擦著自己的虎背，更是慾火焚身，哪還忍受得住，把她攔腰抱了起，痛吻香唇。

玉貞則是嬌軀發顫，一對秀目差點噴出火來，小口微張，以香舌熱烈的反應著，不住喘息嬌吟，挺聳的酥胸急促起伏，情動如潮，誘人至極點。

燈影搖紅下他們都以最熾烈的動作發洩著自己內心的情慾。

在這一刻，每一寸肌膚全屬對方，沒有任何的保留。

項思龍肆意遨遊著她凝脂白玉般的胴體，吻遍了她身上每一寸地方。

性感迷人的玉貞把她的美麗完全開放，承受著這狂暴而醉人的攻勢。

深入的快樂把她的靈魂都提升到歡娛的至境，神魂顛倒中，她狂嘶喘叫，用盡身心去迎逢和討好這讓她飄然若仙的男人。

兩人纏綿了個多時辰，說不盡的郎情妾意，才返回廂房，玉貞則也去了鄰間獨睡。

翌晨，項思龍在玉貞的侍候下漱洗完畢，往曾、張二女房裡走去。

二人都是雙眼通紅，定是昨夜沒有睡好。

項思龍只覺心中湧起無限的憐愛，走上前去輕摟二人纖腰，溫柔的道：「二位愛妻不要生氣了，算我錯了好嗎？我投降了！」

二女嬌咳一笑，張碧瑩道：「誰怪你了呢？人家只是心裡一下子難以接受罷了，看你對那小妮子那般的姿態，心裡就覺失落了什麼。」

項思龍輕扶著她柔嫩的嬌臉，輕聲認真的道：「我項思龍此生若是有負我兩位如花似玉的夫人，定叫我生兒子沒屁眼。」

二女聽他說得如此話，嬌笑怒罵一陣，都馴柔的靠在他的懷裡。

曾盈幽幽的說道：「哪個男人沒三妻四妾呢？我們只是希望能多得到你的憐愛罷了。」

項思龍看著這柔弱的愛妻，想起她與自己同甘共苦的那段日子，心中不禁一酸，把她緊緊抱住，輕吻了一下她的臉蛋，正色的道：「盈兒，你放心吧，我會愛你們一生一世。」

三人皆都沉默了起來，只是緊抱在一起。

敲門聲把三人從沉浸中驚醒開來，二女慌忙整了整衣衫髮髻，項思龍望著她們笑了一下，前去把門開了。卻見玉貞俏生生的朝三人拂了拂，臉紅如燒，又驚若寒蟬，低聲道：「請公子和二位夫人去用早膳。」

張碧瑩這時似想通了似的，上前去扶起她嬌笑道：「好妹子，以後不必如此多禮。」繼而又低聲道：「幫我看著公子，不要讓他再出去拈花惹草。」

玉貞似驚且喜，臉上驚詫莫名的看著張碧瑩。

張碧瑩似想起昨晚的事情，臉上一紅道：「……好了，沒什麼事了，肚子餓了，用早膳去吧。」

項思龍和曾盈二人看她那模樣，都忍不住笑出聲來。

項思龍轉過身去對羞驚不安的玉貞道：「前嫌盡釋，現在是雨過天晴了。」

飯後，張方、曾範二人來找項思龍。項思龍正陪著三女嬉笑，見二人進來，忙站了起來。

張方笑道：「項少俠可真是偎紅依翠啊！」

項思龍俊臉一紅，請二人坐下。

張方似已知道陳平昨晚宴會籠絡項思龍之事，開門見山的就問道：「你看陳平下一步會怎麼樣呢？」

項思龍沉吟一番後道：「我看他會接著試探我，同時會暗中佈置控制住你們進而要脅。如若都不成，就會實施殺著。」

曾範臉色沉重道：「我們該怎麼應付呢？」

張碧瑩道：「我看我們入夜就逃走算了。」

張方苦笑道：「逃得了嗎？以陳平的智謀，他早就防了我們這一手。」

項思龍道：「他主要是想針對我，所以我思量了一下，趁他現在還需要獲得我信任，戒備放鬆的情況下，我想騙住他，說我打算跟他合作，先讓你們出城去接張公，我就留在這裡拖住他們。」

眾人齊聲驚叫：「這怎麼行呢？」

項思龍沉聲道：「這是我們唯一逃生之法，我留在這裡也會待機逃跑的。」

張方突然道：「即便這樣，你能確保陳平不會跟蹤我們，中途攔截嗎？」

眾人都沉默下來，只有玉貞臉色古怪，陰晴不定。

項思龍歎了一口長氣道：「看來我們又處在進退兩難的位置了。」

玉貞突然插口道：「只要項公子暫且故作願被所用，等他日秦軍兵臨城下時，趁亂之中就可逃掉了。」

眾人驚訝的都往玉貞望來，只看得她臉色羞紅蒼白。

項思龍歎了口氣，冷聲道：「你是陳平派來監視我們的？」

玉貞嚇得淚如雨下，泣聲道：「陳大人派我來確是讓我探聽你們的動靜，但是昨夜自從與公子……回房後，我心裡亂得要命，我……我……」說到這裡竟大哭起來，顯是這妮子對項思龍動了真情，連陳平也敢背叛了。

項思龍心中也不知是個什麼滋味，這陳平卻也厲害，送自己一個歌姬，在不提防下可悉探自己這邊的情況，他就可以布下相應策略對付。

唉，他當初又何必放了自己一馬呢？為了收用自己？項思龍真是想不通這個問題，但一想著陳平將是劉邦的得力助手，他就不願意把他想成是那麼壞的人。

項思龍走上前去拍了拍玉貞的酥肩，安慰道：「好了，不要哭了。你說的也不失為當前的一個良策。」

頓了頓又道：「以後在陳平面前迷惑住他，讓他相信我們不會逃跑。這還要全靠你的幫助呢。」

玉貞破涕為笑道：「真的？你不怪我了？」

項思龍道：「怪你有什麼用呢？你也是身不由己的罷，好了，大家振作點，準備應付以後的困難吧！」

果然下午陳平就來找項思龍，說是有要事相商。

項思龍心知肚明是怎麼一回事，但仍想看看他葫蘆裡賣的什麼藥。

這次出席的除周昌、田橫、韓自成等上次晚宴到的人外，還有兩個義軍將領似的人物。

陳平向項思龍介紹道：「這兩位是吳廣將軍和田藏將軍。」

項思龍聞言一驚，舉目向吳廣望去，打量這位大澤鄉起義的歷史風雲人物。他身材不高，但相當結實，氣勢懾人，年紀在三十許之間，臉骨闊大，帶著難掩的風塵之色，雖神態疲倦，但一對深深的眼神仍是顧盼生光，不怒而威，讓人感到他確是個值得敬重的漢子。

吳廣這時也正打量著他，二人目光相觸，都均被對方神采所吸引。

陳平接著又道：「方才我向吳將軍推薦了項少俠，想讓你作我手下副將，不知意下如何？」

項思龍知道自己此時是推脫不行的了，但看陳平似也沒料到吳廣到來，有點措不及手。當下裝作欣然道：「多謝二位大人抬愛！」

陳平以為項思龍被自己收買想通了，高興的道：「那就這麼決定了！來，我們為項副將乾一杯。」

眾人紛紛舉杯祝賀，只有吳廣和田藏臉上毫無表情。

項思龍感覺他們和陳平關係微妙，但一時也想不出什麼頭緒來。

# 第九章　兵臨城下

項思龍回房後把吳廣、田藏到來的消息告訴了張方、曾範二人。

張方吃了一驚道：「如此看來，秦兵逼近泗水，一場大戰迫在眉睫了！」

曾範笑道：「我們等的就是這一刻呢。」

項思龍則沉默了一陣才道：「陳勝王兵敗時日不久矣！」

想著自己雖明知道陳勝、吳廣都將被自己手下所殺，而自己又不能去改變歷史，愛莫能助，心下不禁一片黯然。

張方、曾範二人臉色也都沉了下去，各懷心事。

項思龍突道：「吳廣的到來對我們無害有利。我看他們面和心不和，陳平似一點也不懼吳廣，他們之間定有矛盾。我們可以利用吳廣牽制陳平，乘機逃跑。」

想來歷史是不容改變的，吳廣要到滎陽才會被田橫所謀殺，那麼他現在是不會有什麼生命之危了，否則歷史不會那麼寫。倒是自己一行危在旦夕，那就不如利用不可改變的歷史來拯救自己。

正當三人商議之時，兵丁來報吳廣來拜見項思龍。

項思龍一愣，叫張方、曾範二人回房，自己則迎了出去。

吳廣是一個人來的，沒有帶隨從。

項思龍在這一代歷史風雲人物面前，雖是有點不自在，但還是鎮定自若。

吳廣兩眼閃起精光道：「項少俠以區區一介草民，被陳郡守提為副將，今日一見風采，果然有膽有色，進來見到我後仍能保持冷若止水的心境，舉動間流露出劍手風範，毫無缺點可尋，更是難得。但我最欣賞你的還是明知秦兵攻來，亦沒有露出怯意，聞奉賞而不露喜色，能得如此人才，實是陳平之福。」

項思龍心裡苦笑。

唉，你哪知我現在處境，我是沒得辦法才接受陳平之意。

不過看這吳廣憑一眼之見便可看出這許多問題來，心中還是大為嘆服，暗想人的名樹的影，吳廣還是很會識才。

連忙謙讓一番，問道：「不知吳將軍今日來見卑職，有何要事？」

吳廣歎了一口氣道：「現在我義軍被秦兵打得節節敗退，皆是因軍中無得良才。各人又是心懷鬼胎，爾諛我詐，不能團結一致對敵。唉，我方危矣。」

項思龍從這話中也大致聽出了吳廣的話意，看來他是想拉籠自己。

吳廣又壓低聲音道：「陳平這人可靠不住。他先前見我義軍勢猛，倒戈叛秦，但現又見秦軍浩大，我看他又是難以靠得住，項少俠乃明白之人，我吳廣也不會拐彎抹角的說話，但看你一般的凜然正氣，所以就特別信任。」

頓了頓又道：「實話說，我是陳勝王派來監視陳平的，我們早就看出他心懷異義。但我這次來勢力單薄，也想不到陳平竟然實力遠超我想像，所以想與項兄弟聯手除去陳平，當然以後這泗水郡守就由你來接職。」

項思龍聽了心裡暗暗吃驚，想不到內中情況還如此複雜，但一想起陳平現在是不會死的，否則他怎麼成得了劉邦的得力謀士？自己若真與吳廣聯手殺了陳平，那豈不就違背了歷史？

吳廣見項思龍遲疑不決，以為被自己說動了心，接道：「我領了五萬大軍駐軍大澤鄉，到時秦兵攻來，我們也可以抗衡一段時間，那時援軍迅速趕來，我們定可守住泗水。」

原來吳廣認為項思龍遲疑的原因是因害怕秦軍，所以又出言相慰。

項思龍卻想著大澤鄉援軍被自己不幸而言中，心下不覺好笑。

吳廣又道：「還不知項兄弟意下如何？」

項思龍一時心下也拿不定主意，頗感為難。

答應吧，又違背歷史；不答應吧，想來這也確實是自己一行脫身的大好機會。

沉吟了一番後道：「吳將軍讓我考慮考慮吧！」

吳廣目光似要看穿他的心情似的盯著項思龍，好一會才沉聲道：「好，我不逼項兄弟。但還請斟酌三思。」

項思龍知道自己的處境是更加危險了，若稍出一點差錯便將三方受敵。

陳平、吳廣、秦兵！

吳廣剛剛離去不久，陳平就又來了。

項思龍甚感頭痛，自己還沒有想好什麼對策，這冤大頭又來找自己，真不知怎麼應付。

無論如何，自己若能逃過此劫，就一定要去找劉邦，能見他一面也好。若是沒有見過這一手建造中國漢朝的偉大人物，真是不甘心。

「思龍，在想些什麼？」陳平見項思龍眉頭緊鎖，試探的問道。

項思龍知道他定是來追問吳廣來找他的情況，索性自己說出來道：「吳廣剛剛來找過我。」

陳平裝作吃了一驚，道：「他與你說了些什麼？」

項思龍故作神秘的道：「你猜呢？」

陳平搖了搖頭，笑道：「我怎麼猜得出來呢？別賣關子了。我現在可是把你當作自己人。」

自己人？項思龍暗暗冷笑，你背後裡可一點也不信任我，要不是看你將來是劉邦手下，我可真會與吳廣合作，殺你個灰頭土臉。

心下雖這麼想，嘴裡可不能這麼說，當下凝色道：「吳廣懷疑你有異心，叫我與他聯手一起對付你。」

陳平猛吃了一驚，額冒冷汗道：「真的？這消息太重要了！」

當下又一笑道：「思龍把這話都跟我說了，自是不會與他合作了。」

項思龍慢條斯理的道：「可是我覺得陳大人可不大信任我。」

陳平心下有鬼，嘿嘿笑了兩聲道：「思龍真是精明，是不是玉貞那丫頭告訴你的？哈，不過思龍既然是真正的幫我陳平，我陳某自是不會再猜度你了。其實，我是真心的欣賞你。雖然你殺了猛兒，我心裡氣恨，但這小子也太不成氣候了，整天不學無術，在外面胡作非為，此果也是他自己所種下的，怨不得誰來。」

說完又走過來拍了拍項思龍的肩頭，沉聲道：「思龍，跟著我好好幹吧，你是個人才，我擔保你會出人頭地。」

說到這裡，兩眼射出兩縷逼人的寒光。

項思龍心下一驚，知道他對吳廣動了殺機，忙道：「吳廣在大澤鄉裡有五萬兵馬，我們現在不可以對他輕舉妄動。」

陳平顯是又吃一驚道：「那我們現在該怎麼辦呢？」

項思龍道：「我們要裝作若無其事，並要穩住他，而我則又故意與他合謀；從他那裡探聽消息，那我們自是能立於不敗之地。且把他的兵力收為己用。」

陳平吃了一驚，哈哈大笑道：「果然是妙計！思龍的精明真是讓我佩服不已啊！」二人當下又密議了一番，項思龍從中知道不少陳平暗中的勢力和佈置。

項思龍這兩天來的心情很壞。

曾盈、張碧瑩和玉貞三女都不敢去招惹他。

曾範和張方二人亦是心情沉重。

表面看來項思龍一行現在無風無浪，但實質卻是火藥味愈來愈濃。他不但捲入了與秦兵相抗的圈子裡去，還涉及了陳平與吳廣的政治鬥爭中。秦軍現在步步逼近泗水，而陳平和吳廣暗地裡又圍繞著他勾心鬥角。情況實在不妙。自己現在該怎麼辦呢？溜之大吉？陳平和吳廣都把他盯得很緊。項思龍真的是感覺痛苦了。

「想什麼哩！」

張碧瑩的嬌聲把項思龍從沉思中驚醒過來，心中苦笑，自己心中的事可只能自己一個人獨自承受。

張碧瑩這時走過來，伸出玉臂，從背後緊緊摟著他，把頭貼緊他堅實的脊樑，柔聲道：「思龍，不要想那麼多好嗎？看到你痛苦的樣子，我和盈妹都好難過。」

頓了一頓又道：「無論是生是死，我和盈妹都在你身邊的。」

項思龍一震，轉過身來緊抱住她，痛吻一番後強笑道：「你們可不要給我胡思亂想，要是失去了你們，我的生命將會毫無意義。」

張碧瑩聽出了他話中的深情，緊挨在他懷裡，好像在這裡才是世界上最安全和溫暖的地方，幽幽的道：「一切都聽你的！」

嗅著她動人的體香，感受著肉體的接觸，項思龍禁不住心中一蕩，雙手忍不住在她豐腴的背肌搓摸揉捏起來。

張碧瑩溫馴的享受著他的愛撫，夢囈般道：「思龍，要是我們能找一個沒有戰爭殺伐的地方住下來，那種日子該是多麼美好啊！」

項思龍不禁想起了陶淵明的《桃花源記》。

這世上真有那種與世無爭的桃花源嗎？項思龍搖了搖頭，苦笑起來。

那些都是夢幻般不真實的空想。

現在最真實的時候，就是在這與美女溫存的一刻。

項思龍的慾念不禁大漲起來。

在與這美女抵死纏綿的刺激中，項思龍暫且忘記了心中的一切煩惱。

現實終究是現實。

敢於面對現實才方顯男兒本色。

項思龍今天的精神似振作了許多。

為了自己所愛的人，為了尋找自己的父親，我項思龍都要在這亂世中奮力求存，創出一番轟轟烈烈的事業來，我絕不能對任何人作愚信。只會為自己的理想盡忠。

項思龍似定了什麼決心似的，目中射出堅毅的光芒。

曾範、張方二人都在他房中。

項思龍沉著的道：「現在陳平、吳廣兩人都很信任我，所以我想向他們提出讓你們去接張公，他們都定會答應的，誰不想充實自己的實力？這樣你們就可以趁機逃出這裡，只要我不走，他們不會懷疑。」

張方沉默了一會道：「我留下來陪項少俠吧，多一個人多一份力量。」

項思龍向他投去感激的目光道：「不！你們全部撤走，這樣我可以放手與他們一搏，沒有什麼顧慮。再說曾盈她們也需要人照顧。」

曾範痛苦的道：「但是思龍你叫我們怎麼放心得下呢？我們又有什麼面目去見張老爺子呢？」

項思龍內心感動，但還是斥道：「你想叫我們全部把命送在這裡嗎？」

曾、張二人默然無語。

項思龍緩和語氣道：「我會看準時機逃的，你們不要為我太過擔心，何況這世上還有許多值得我留戀和追求的東西，我怎麼會不珍惜自己的生命呢？放心吧，三十六計，逃為上策。到時候我們在張公那裡舉杯暢飲。」

聽著項思龍強作歡顏的話語，曾範、張方二人的心情更加沉重起來。

但是又有什麼別的辦法呢？

人算不如天算，當日出谷時若是沒有韓自成同行，當不會落致今日這般局面。項思龍心中想起就恨得咬牙切齒起來。

吳廣派人把項思龍叫來，面色沉重的道：「秦軍來勢凶猛，我看要不了幾天就會打到泗水來了，陳平看似表面不動聲色，但我感覺暗地裡他想陰謀對我們不利。所以在這幾天裡，我們要準備行動，我暗地裡派來了一批百中挑一的精兵埋伏在城裡，看來現在是用得著他們的時候了。」

項思龍心下暗驚，仍平靜的道：「那我們準備怎麼行動呢？」

吳廣雙目透出殺氣，狠聲道：「準備刺殺陳平！只要他一死，他們那方的人就會陣腳大亂，我們就乘機奪得兵權，同時大澤鄉潛伏的五萬援兵將到，那時他們不得不服。等我們穩定之後，再把他們一個一個誅除。」

項思龍只覺心中大驚，想不到吳廣竟這麼有心機且這麼狠毒。

吳廣這時雙目緊盯著項思龍道：「現在也是思龍出力的時候了，陳平、田橫乃你手下敗將，應該沒有什麼問題。」

項思龍只覺大感頭痛，但知道這也是吳廣籠絡自己的重要原因，就是看中自己高超的劍術去刺殺陳平。

但是推卸可不成，那他就會懷疑自己，或許過刻就要被抬著走出這大門了，目下唯一可用的是緩兵之計，當下硬著頭皮道：「將軍放心，這件事我一定會辦得漂漂亮亮，但是還有一個不情之請，請將軍批准。」

吳廣聽他答應刺殺陳平，心下高興，微笑道：「有什麼事說吧，只要我辦得到的，一定應允。」

項思龍道：「我想請將軍允許在下一些夥伴出城去接張公到來，那樣也就多些抗秦力量呢！」

吳廣只要項思龍留下就行了，別的人他可不放在心上，當下道：「這個沒問題，明天就送他們出城。」

項思龍大喜道：「那就多謝將軍了。」

項思龍從吳廣那裡出來，沒有回房。逕自去了陳平那裡。

陳平見到他很是高興，走過來握著他的手道：「思龍，又探得什麼消息沒有？」

項思龍臉色凝重的道：「吳廣安排了一批殺手潛伏在城裡，他這次派我統領他們來刺殺你。」

陳平聽得臉色大變，怒道：「好賊子！我沒動他，他竟然想來殺我。哼！沒有那麼容易！咱們就先下手為強。」

條又冷笑道：「他做夢也想不到思龍是我這邊的人，跟他只是虛與委蛇。我要讓他連死也不知自己是怎死的。」

項思龍心下苦笑，做這樣的身分使他良心上大受責備，感覺厭倦之極。但歷史上寫著吳廣被田橫所殺，在這裡他是不會死的，心下不覺安然了些。不過看陳平似乎很有把握殺死吳廣似的，心中又不禁有些怪怪的感覺。唉，歷史的命運是既定的，既然自己不能改變歷史，就任由它自行發展去吧。倒是自己的命運一無所測，現在只得明哲保身了。

心中雖這樣想，但口中卻道：「原來陳大人早有佈置，那我也就放心了。」

陳平道：「此事還得仰仗思龍你出馬呢。」

項思龍自是應允，隨後提出張方一行出城之事，陳平此時已把項思龍看作心腹，當下自然答應。

次日項思龍送張方、曾盈和張碧瑩一行出城，一路上曾盈和張碧瑩自是哭哭啼啼，張方和曾範二人則是心情沉重。

項思龍卻是沒有多大精神去理會這些了，只催他們快走，叫他們不要擔心。送走他們，項思龍頓覺整個人輕鬆了許多，又恢復了充滿生機、鬥志和信心的樣子。

這幾天來他一直緊繃著的神經和精神上的沉重負擔，在這一刻都暫且解放出來，靈台一片澄明空澈，全無半絲雜念。

就像立地成佛的頓悟般。

陳平和吳廣二人都爾虞我許，現在弄到快兵戈相見的地步。

而秦兵在章邯的帶領下又步步逼近，像他們這般互相猜度不合作，與強大的秦兵相抵抗，那是必敗無疑。

現在怎麼樣才能讓他們放棄勾心鬥角，團結合作，一致對敵呢？

自己是他們二人所看重的一顆棋子，不若找個藉口把他們湊在一起，到時把話都向他們挑明，讓他們知道彼此的厲害關係和目前情況的危急之勢，不得不表面上化干戈為玉帛，共同對敵。

這樣做自己雖是一下子全都失去了他們的信任，處境危險了許多，但也不失為一個可解他們兩敗俱傷的好辦法。

對，孤注一擲，賭他一把！

項思龍謊稱吳廣找陳平有要事相商。

陳平一愣，疑惑的道：「他與我這些天來都是互不往來，突地找我會有什麼事呢？會不會有詐？」

項思龍道：「難道大人連卑職也信不過嗎？」

陳平連說：「哪裡，哪裡！」跟著項思龍去了吳廣那兒。

吳廣見到他倆倏地一驚，見項思龍朝他眨了眨眼，心下大喜，以為項思龍把陳平誘到這裡刺殺，當下站起迎上笑道：「陳大人這幾日可真忙啊，想找你聊聊天也不見你的蹤影。」

陳平乾笑幾聲道：「吳將軍不也是一樣嗎？」

項思龍見二人一見面就詞鋒相對，毫不相讓，更感他們勢成水火之勢，揮退了室內武士，轉身來看了兩人一眼，單膝脆地，行了個大禮道：「今日讓二位大人相處一室，乃卑職的主意。」

二人臉色同時大變，一雙厲目狠狠的盯著項思龍，心裡盤算不知他在弄什麼玄虛。

項思龍面對二人厲芒，臉上毫不變色，鎮定自若的誠聲道：「我想二位大人都很清楚我們的目前處境，秦軍如洪水猛獸般向我們撲來，我們現在已是危在旦夕了。但是我們內部還在鬧矛盾，還在明爭暗鬥，這豈不是更陷我們於危難之境嗎？」

說到這裡，項思龍頓了下來，卻見陳吳二人臉色陰晴不定，隱含殺機，顯是都覺得他背叛了自己。

項思龍已經決定全豁出去了，繼續道：「我們現在面臨的大敵是秦軍，不是爭權奪勢。這就需要我們內部團結起來，一致對敵。團結就是力量，只要我們軍民一心，又何懼秦軍呢？何況我們還有義軍援兵，只要他們一到，我們泗水城更是穩固下來，但是二位大人都對對方心存顧忌，現在竟搞到要互相殘殺的地步，那豈不是給了敵人可乘之機？無論哪方勝敗，都只會讓我們元氣大傷，繼而得不償失，我項思龍處在二位大人都對我推心置腹中間，甚感左右為難，今日斗膽向二位大人進言，自是抱著把個人生死置之度外的心理，還望二位大人能從大局著想，三思而後行！」

陳平和吳廣聽了項思龍這番慷慨激昂的話，都沉默了下來。心下各有思量。

項思龍此時只覺心情舒暢了許多，把終日悶在心裡的話一下子都說了出來，自是感覺別有一番輕鬆快慰。

吳廣這時突然哈哈笑道：「項少俠這番話如一劑苦口良藥，給了我一聲當頭棒喝，真是金玉良言啊。不過不知陳大人意下如何？」

陳平淡淡的道：「我陳某一向是佩服吳將軍的，哪敢對將軍心存不恭呢？將軍可不要聽信讒言啊！我一直都是想與將軍合作，可是將軍卻有點把人拒之門外的味道，所以一直沒得機會與將軍談心，外人還以為我們面和心不和呢，現在，既然將軍願與我共同抗敵，我自是高興非常，怎麼會不願意呢？」

二人皆是一陣乾笑。

項思龍卻知道自己這麼一來雖是破壞了他們的全盤計畫，目前的明爭暗鬥會告一段落，但更加深了雙方的戒備之心，自己辛辛苦苦在他們之間建立起來的信任則是完全告吹了。

唉，管他的呢，只要能挨到秦軍兵臨城下，他們能攜手抗敵，自己的一番心血也就不致白廢了，那時也可趁亂逃之夭夭了。唉，有一得必有一失啊！

這兩天都是風平浪靜，陳平和吳廣都沒有找項思龍去商量什麼事情。

項思龍倒也落得個清淨，現在唯一讓他放心不下的是曾盈、張方一行了。不知他們回到峽谷沒有？現在外面兵荒馬亂的，可千萬不要碰著什麼戰事。至於自己，陳平和吳廣現在都定覺得自己已沒有多大利用價值了，才沒心神理會呢。但是，難保他們不顧忌自己的劍術，說不定會聯手除去自己而後快呢。

項思龍想到這裡，心裡猛的一突，若他們真聯手對付自己，那自己可真是更加險境重重了。怎麼辦呢？說不定他們已經向自己撒開天羅地網。

周昌？項思龍心中突然一亮，歷史書上說他是一個直言敢諫，忠貞質厚的人，自己可以去說服他，請他幫助自己呢？現在他雖然是陳平的人，但看他似有點看不憤陳平的作風，自己何不利用這點，去挑撥他和陳平之間的關係呢？歷史上他可不是被陳平或吳廣害死，自己倒是可以利用不可改變的歷史來保護自己。

但是去向他說些什麼，才能使他信任自己呢？

項思龍陷入了沉思中。

山雨欲來風滿樓。

全城的人都陷入了對秦兵的惶惶恐慌中。

周昌領著一隊親兵在城樓上徘徊巡邏。

項思龍看著滿城肅殺的淒涼景象，心中自是一番悲壯的感慨。

這就是戰爭帶來的災難。

但是若沒有戰爭，又哪來和平？又怎能造就出一代又一代名垂千古的風流人物呢？

亂世出英雄。

想著劉邦就是在這濃雲密佈的亂世之中脫穎而出，號令天下群雄，而拔開這滿天的烏雲，造就了偉大的漢朝基業，項思龍的心感覺了一些安慰。

這就是希望，天下人民的希望。

只有有了希望，才會有拚搏奮鬥的動力。

項思龍邊走邊想，不覺已登上了城樓來。

周昌老遠的見著他，趕著迎了過來，冷漠而嚴肅的臉上露出一絲難得的笑意，熱情的道：「項少俠怎麼有閒心到這裡來？」

項思龍看得出他對自己的好感，微笑道：「閒來無事，隨便蹓躂蹓躂，我看周將軍盡職盡責，確是讓人感動。」

周昌苦笑道：「國家有難，匹夫有責，我身為義軍將領，在大敵當前，自是應當以身作責，鼓勵士氣。」

項思龍讚道：「要是我軍軍將人人都像你這樣，何愁大秦不滅？更何談秦軍來攻我呢？周將軍實是我軍楷模。」

周昌歎道：「項少俠過獎了，唉，只有像你那樣的人才才是國家之棟樑，眾望之所歸，我周昌跟你比來是星火與皓月爭光。」

項思龍聽得出他話中所隱含的無奈，惋惜和苦悶，知道他知曉陳平和吳廣聯手來對付自己，但又感到自己愛莫能助而心中苦惱，當下改變話題，道：「周兄對陳吳二位大人有何看法？」

周昌沉默了一陣，幽幽的道：「項少俠此言暗指何意？」

項思龍歎了一口氣，道：「周兄難道還看不出來嗎？陳勝王義軍興是驟，但是其敗必也速也。」

周昌一震，不悅問道：「項少俠何出此言？」

項思龍淡然道：「陳勝王趁天下時勢而起兵，確一時為眾望之所歸，其勢力大漲，捷戰頻頻。但是有其利必有其弊，義軍隊伍的內部勢力混雜，稍有小成，則彼此就勾心鬥角，爭權奪利。再加上驕傲輕敵，對秦軍實力缺乏清醒估計，以致予敵以可乘之計，弄致今日之局面。」

周昌呆了半晌，輕輕一歎道：「吾等只有以死盡忠，奮力相抗罷了。」

項思龍爽然一笑道：「周兄此言差矣。今天下群雄異地紛起，秦亡是勢成定局。只是當今明主還尚未起勢罷，像周兄這等忠烈之士，若是能得以投靠。必成大器。」

周昌聽得心下猛震，覺悟出項思龍話中有弦外之音，低聲問道：「項少俠有什麼話儘管說出來吧，我周昌不是那種見義忘義，口不擇言的人。」

項思龍知他已被自己說得心動，當下又道：「周兄難道還聽不出我的話意嗎？陳平和吳廣雖然也算一代胸懷大志的人，但是他們個人都必難以成就大業，他們的才華也只有投靠他人才能一展所長。目前，二人都定已看出義軍敗事成定局，又怎麼會捨命在此城固守呢？我看他們都必會找出幾個替死鬼來作擋箭牌，而自己卻暗下撤走。唉，像周兄和我都只是他們此次所安排的炮灰。」

周昌臉色倏地轉白，顫聲道：「陳平真的會連我一起出賣？」

項思龍輕歎道：「無毒不丈夫，陳平為了顧全自己，也只得狠下心腸了，像周兄這種心性耿直之人，不會對他動疑，正是適合的人選，至於我嘛，得罪了陳平、吳廣二人，他們不殺我已是憐惜我了。」

周昌聽得冷汗直冒，目中透出殺氣，狠聲道：「好一句『無毒不丈夫』，項兄此語真是把陳平個性描畫得入木三分，但是我周昌也豈是好惹的！」頓了頓又道：「對了，不知項兄對此有何防身妙計？」

項思龍沉聲道：「這就需要周兄跟我合作，我才可以施展計謀。」

周昌坦然道：「項兄弟有何派遣，儘管吩咐好了。我周昌自打第一眼看到你，便知項兄弟是個頂天立地的英雄人物。」

項思龍大喜道：「有你跟我合作，那我們至少可以立於自保之地。」

周昌道：「那我們應該怎麼行動呢？」

項思龍道：「周兄可以調動多少兵馬？」

周昌道：「五千左右，是陳平倒戈反秦時，我領來投奔他的兄弟。」

項思龍道：「這太好了，我們就明目張膽的跟他攤牌，現在秦兵即將兵臨城下，陳平和吳廣都不敢跟我們硬來，那麼只要我們提高警惕，防止他們來暗殺，就會安然無事，何況他們還想利用我們來拖住秦兵後腿，好讓他們有時間撤走呢。」

周昌聽得精神大振道：「我們就斗膽與他們周旋一番，逼得他們沒得機會溜走，也只得聯合起來抗秦。」

項思龍笑道：「這就是我們的目的。等待其他援軍一到，我們就偷偷撤走。」

周昌聽了大笑道：「那周某就把一生的命運，交到項兄手裡了。」

項思龍聽得一陣感動，禁不住脫口而出洩露天機道：「周兄他日必是一國之相也。」

周昌聽了又驚又喜道：「那就全托項兄弟吉言了。」

看來周昌倒是把項思龍看成了這個時代的「大聖人」了。

項思龍心下苦笑，自己這可是在借歷史拿周昌和陳平、吳廣大賭一場呢。

現在泗水城裡正式形成了三足鼎立之勢。

周昌與陳平脫裂，和項思龍站在一起，領兵五千佔據南城門。

吳廣與已駐紮大澤鄉的五萬兵馬調來泗水城，佔據北城門。

陳平則佔據泗水城中腹，有兵力二萬。

三派勢力因秦軍即將來臨，處在一種微妙的關係下。

陳平恨周昌背叛他，但又忌吳廣監視他。

吳廣則忌秦軍將臨，起內哄於自身實在不利。

項思龍和周昌則是為了明哲保身，只要拖住則也就樂得安逸。

這天黃昏時分，天下的雲霞緩緩下降，地上的水氣則往上升騰，兩下相遇，在大地積成凝聚的霧氣，一片氤氳朦朧。

項思龍和周昌二人正在大談天下之勢時，有兵士來報說陳平請他們急往陳府商量大事。

項思龍和周昌心下迷惑，不知他弄什麼玄虛。

項思龍忽然心裡猛地一震，急聲道：「可能是章邯領秦軍攻到泗水來了！」

周昌聽得也是臉色大變，二人速往陳平府馳去。

到得陳府，卻見吳廣帶著田藏等十幾個隨身從將也已來了。

室內空氣沉悶，眾人都是默然不語。

陳平望了項思龍和吳廣一眼後道：「今次把諸位聚來，我想大家也都猜著了是什麼事，雖然我們內部矛盾重重，但現在大敵當前，我希望大家能暫且放開一切糾紛，齊心協力起來對敵，否則給敵軍可乘之機，對我們各個擊破，那我們就岌岌可危了。」

頓了一頓又道：「今天下午我們據探子回報，章邯統領著二十萬大軍已向泗水逼進，現駐軍在我們東南方向二十餘里的一個山谷中，我想等得他們緩一口氣過來，明晚就會向我們發動攻勢，所以我把大家請來，共同商量一下對策。」

眾人雖都心知肚明是怎麼一回事，但還是都禁不住臉色大變。

章邯竟領了二十萬大軍來攻泗水，那泗水城危矣！

# 第十章 得遇劉邦

章邯率領二十萬秦兵兵臨泗水城下的陰雲，籠蓋在了每個人的心頭上。

項思龍亦感到了一種從所未有的緊張。

吳廣這時沉重而冷靜的道：「章邯統領秦軍連戰連捷，氣陷囂張。他們一路乘勝追擊，雖士氣高漲，但卻久戰必疲。我們只需堅築工事，困守城池，持到援兵到來，再作作戰計議。」

周昌反駁道：「現在敵我力量分差太大，再加上章邯乃秦軍猛將，我們能固守多久呢？等援兵到時，我們泗水早就被秦軍攻下了。」

田橫這時突然道：「如今之戰，只有以奇兵襲之，攻其不備，或可有得勝算。章邯久戰必疲，我們可以不給他喘息機會，今晚就出兵偷襲，殺他們個措手不及。」

陳平道：「此計雖不失為良策，但章邯乃用兵名將，豈會對我們沒有設防？若我們冒然出兵，或許正中他速戰速決的下懷。」

眾人又都沉默了下來。

吳廣這時走到項思龍面前道：「不知項少俠對此時情況有何見解呢？」

項思龍沉吟了一番後道：「要敗敵實比登天還難，要退敵則是不難。」

眾人大訝。

陳平問道：「若不敗敵，如何退敵？」

項思龍淡然道：「戰爭勝敗，首要是將領問題，將軍必須能號令兵士，統一作戰，否則亂必敗。」

陳平、吳廣知他暗諷他們互相勾心鬥角之事，心中雖恨，但還是只好強作歡顏。

周昌道：「項少俠這番話不無道理；所謂軍無二帥，必須得有一人全權指揮作戰。」

吳廣一聽周昌提議，微怒道：「項少俠還未說出如何退敵呢？」

項思龍見狀笑道：「吳將軍何必心急呢？爭戰之道，千變萬化，總離不開

『出奇制勝』這四字真言。現在敵軍連戰皆捷，軍將齊心，氣勢如虹，若我冒然與敵決戰，必敗無疑，唯一之法就是先令敵人生出自大之心，再誘之深入，兼以焦土之法，把城內所有糧草都運出城去，再詐敗棄城，把沿途鄉縣的人完全撤離戰線，待敵人補給線無限地拉長，遠離後勤基地，再利用險峻的山地密林，以奇兵突襲，勝則窮追猛打，敗則迂迴撤走，藉此摧毀敵人銳氣，待時機成熟時，再會合援軍與敵人主力展開決戰，則這一仗就至少有九成勝利把握，那時我們再集中優勢兵力，不予敵人以喘息之機，必能奪回失去城池。」

眾人眼睛同時亮了起來。

陳平擊掌道：「果然是絕妙好計。項少俠不愧為後起之秀，只聽到你所說的戰術，便知你深諳兵書。好，這次我舉薦項少俠作為我們三軍的統帥。」

吳廣亦也讚歎不已道：「原來項少俠不但劍術蓋世，連兵法也是如此高明。」

項思龍這時不禁想起了師父李牧，要不是他傳給了自己《太公兵法》，何能在臨陣時想出如此妙計呢？

這時又想起張良，歷史書上可說《太公兵法》乃張良所有，也不知自己哪一天可碰到他，把這本書給他。

還有劉邦，現在也不知他領兵起義了沒有？

曾盈、碧瑩也不知她們怎麼樣了？……

「項少俠，眾人都推舉你為此次義軍統領了。」周昌興奮的走到項思龍跟前說道，打斷了他的神思。

項思龍回醒過來，有點不知所措的道：「嘿，領兵打仗，我可沒有經驗，還是請吳將軍主使好了。」

吳廣哈哈一笑道：「項兄弟哪裡話，我吳廣第一眼看到你便知你是個不凡之人，現在我們大家都這麼信任你，把希望寄託於你身上，你怎麼可以推辭呢？」

項思龍可真沒想到自己的一番話竟弄出如此結果來，心下想陳平、吳廣於緊要關頭卻也是個明理之人，他們亦也會選人，把自己這悉知他們這個時代歷史，比他們多了二千多年歷史文化的人推出來主持大局，自己雖然也是沒有什麼把握打勝仗，但擔保他們不會被戰死沙場卻是肯定的，因為史書上是這麼寫的嘛，如果他們死了，則怎會有他們以後的歷史呢？

世上的事總是這麼變幻無常。

項思龍想起昨天陳平和吳廣或許還想置自己於死地，但是今天卻又推舉他為三軍統帥，真覺著人生有如遊戲般的感覺。

可又想起這推給自己的領軍抗秦的重任，真是頭大如斗了。

自己雖在現代特種部隊中成績優秀，但還從未領兵作過戰，如今怎麼去統領這十來萬大軍與秦軍抗衡呢？難道要像當年趙國大將趙括一樣，只會口中談兵而無實戰之能力，弄得全軍覆滅，那可就成為千古的笑話了……

項思龍的心真是凌亂如麻，陳平和吳廣會不會有詐呢？

想到這裡，項思龍感覺精神更加沉重了。

因為直到現在自己手中可還沒有真正的兵權，若是陳平和吳廣趁撤退之際逃之夭夭，那自己可定是一敗塗地。

怎麼辦呢？得為自己留一條後路呢？還是孤注一擲？此時思龍腦中同時也在不停思索作戰地點和所退路線，忽然他想到一個豐邑的地名時，腦中靈光一現。

對，劉邦的故鄉不是在豐邑嗎？秦朝時也屬泗水郡市縣。這裡是泗水郡城，那不是離劉邦的故鄉很近嗎？自己何不撤軍沛縣去投靠劉邦呢？

只要能在這時代找到劉邦，還管其他事情呢？想到這裡，項思龍舒了口氣，可他根本意想不到初見他那心目中人物時的驚訝……

義軍的兵種，主要分為陸軍和水軍。

陸軍又細分為步兵、騎兵和車兵三種。

項思龍針對泗水城至沛縣一帶以山地為主的形勢，從七萬多兵力中選拔出了騎兵二萬，步兵三萬，作為這次作戰的主力。

其中一些老弱病殘者和新兵由韓自成帶領，首批撤走。

陳平則給予五千騎兵和八千步兵押送糧草。

陳平自也樂得個不用在前線作戰，當下欣然應承。

至於步兵則又有輕裝步兵和重裝步兵兩種。

輕裝步兵不穿鎧甲，持弓、弩等武器，戰時居前，專事遠距離殺敵之責。

重裝步兵身著鎧甲，以戈、矛等長兵器與敵人近身搏殺。

在項思龍選拔的這三萬步兵中，輕裝步兵占一萬人，而重裝步兵則占二萬。

在這時代裡，戰爭的優劣勝敗，除整體的策略運用外，就看將帥如何發揮出各個兵種的特長和相互間的協調。

項思龍的軍事知識，主要來自二十一世紀，雖熟讀了《太公兵法》，卻不墨守成規。

他把混合兵種分了開來，吳廣和田橫領騎兵先行，周昌則率步兵在後，自己和田藏領一隊混合兵在泗水城先壓一下敵軍陣腳。

安排諸事完畢，已是雞叫三更了。

到天明時分，該撤走的人基本上都離城了。

現在只有項思龍與田藏領三萬較精壯的隊伍，守在泗水城。

項思龍與田藏到處巡視，登到高處極目細看，卻見秦軍已如蟲蟻般向泗水城快速逼近過來，聲勢駭人。

項思龍鼓勵了一番守城將士，雖然人人都感自危，但卻也所到之處歡呼如雷，士氣陡增。

項思龍也禁不住心懷激動，他在這一刻忽然明白了人民力量的偉大，明白了他們對秦二世暴政的極度憎恨。

那種遠遠超越死亡的憎恨！

在古代的戰爭裡，這種士氣的確讓人心懷膨湃，難以平靜。

敵軍於中午時分終於到達離泗水只有二里遠處停住。

只見五色帥旗高起，擺開攻勢，可以想像章邯正在其中指揮。

項思龍身邊十幾個將領人人臉色發白，顯是被秦軍威勢所震懾。

項思龍看著敵軍逼近，算定時間，鎮靜自若的下令道：「立刻召集一批萬人的盾牌和弓箭手，預備投石車，待敵兵到得城下四五米處就發動攻擊。」

軍令如山，當下領命之人匆忙而去……

過得半個多時辰，敵兵終於到了城下，發動第一次攻勢。

義軍立時箭石齊發，抵擋敵人。

形勢慘烈之極，只聽得到處是喝喊聲和慘叫聲。

原本明淨的天空也被戰火映得一片血紅。

項思龍還是初次身歷古代的這種大型防攻戰，既熱血沸騰，又是心中愴然，但他那種感覺都已不能在筆下作出形容。

大戰終於拉開了序幕。

城上箭如雨下，漫天巨石向下襲去。

一時間屍橫遍野，血流成河。

攻防戰就在這種驚心動魄的情況下進行著。

撐持到黃昏時分，城門城牆終於被敵軍攻破，全面撤離的時間終於來了。

項思龍領著五六千官兵是最後一批離開的人，整座泗水城陷進了火海裡。

項思龍等快速向已安排的險惡山地撤退，但邊退邊向退過的山頭放光，沿途更設以陷阱尖樁遍佈道路，教敵人先鋒快騎難以全速追擊。

此後途中又數次伏敵接戰，引敵入圍。

但因敵我兵力懸殊太大，項思龍這一行到達沛縣境內已是兵疲馬困，只剩下連傷帶病一千多人馬了。

正當他們在這岌岌可危之際，還好讓他們及時趕上了在此等候的周昌，總合兵力一下子又有了二萬左右。

眾人都稍鬆了一口氣，但想著身後那十幾萬追兵，讓人心底都覺害怕。雖然秦軍在項思龍等的阻擊之下，兵員死傷慘重，但他們主力還是毫髮無傷，因此對他們沒有多大影響。

若是還沒有和義軍援軍會合，得到各種幫助，項思龍等必會全軍覆沒。

項思龍一想著這點就感渾身冰涼。

自己的計畫或許將完全失敗。陳平會來援助自己嗎？吳廣會去派請援兵嗎？

這些在項思龍的心裡都是一個未知的因素。

同時他也低估了章邯，想不到他的兵力在進攻泗水就已經養精蓄銳，所以追趕他們時還是士氣如虹。

如此殘酷的現實，頓讓項思龍感覺自己到了窮途末路的時候。

現在該怎麼辦呢？

前無援兵，而後面追兵則如狼似虎。那章邯一定不會放過自己，因為逢戰必勝的他在自己手上吃了大虧，說不定現在正暴跳如雷呢？

而自己雖說還有投靠劉邦一計，但像現在這樣的事態，還沒找到他，自己就或許全軍覆沒了。

項思龍猛吸了一口氣，對周昌道：「周兄，我們來賭一賭自己的命運吧。現在我們兵分兩路，你帶領一萬人馬向西逃，我負責引開章邯主力。」

周昌激動的道：「項兄弟，要死就死在一塊吧！如果天真要亡我們，我們逃也逃不掉。」

項思龍淒然一笑道：「這一仗我們是一敗塗地。陳平和吳廣他們不見影蹤，說不定早就逃之夭夭了。難得周兄與我項思龍肝膽相照，但是我們何必作無謂的犧牲呢？周兄還是聽我之言走吧！」

周昌感激涕零，在項思龍的再三歸勸之下，無奈帶兵離去。

項思龍忽感到一種解脫似的，歷史上不該死的人都走了，自己現在雖身陷險境，但至少自己沒有改變歷史，自己雖死，但也在這時代裡轟轟烈烈的活過。

想到這裡，項思龍忽然生起一種視死如歸的感覺。

身後的馬嘶聲證明敵軍愈來愈近了，項思龍收拾了一下心情，觀察起地形來。

身後一邊是密林，一邊是一望無涯的湖泊。

項思龍不再猶豫，下令全軍退往右方密林，全力阻敵。

箭如飛蝗般往敵人射去。

對方的騎兵一排一排的倒下，但尚未挽上另一批箭矢時，敵人已殺入林中。

瞬間前方盡是敵人。

項思龍一聲大喊，拔出尋龍劍，帶頭衝殺出去，一時間廣闊的山林中，盡是喊殺之聲。

項思龍知道此次難以倖免，拋開一切，連砍數十名敵人，深深的殺入敵眾中去。

數百名敵兵如狼似虎的向他狂攻不捨。

項思龍看著義軍紛紛倒下，胸中義憤填膺，殺機大盛，決心豁了出去，逢人便砍，氣勢陡盛，這時他身上已有大大小小二三十處傷口都淌出血來，但如此殘酷的場面和自心底深處所散發的殺氣，已令他絲毫不覺肉體的痛苦，因為他整個人已陷入了一種瘋狂的殺機之中。而身邊伏滿的死屍，也令人不忍卒睹。

驀地肩胛處傳來一陣錐心劇痛，也不知給什麼東西刺中。

項思龍此時也不知自己身在戰場何處，但身體所受的感覺已超越體能極限，刺骨之痛讓他再也支持不住。往前一撲，只覺得渾身濕透冰冷，接著就被一陣瀑布或河流急水似物捲入其中，失去了知覺。

意識逐漸回到腦海裡，驟然醒了過來渾身疼痛欲裂，口渴得要命。

不由得呻吟一聲，睜開眼來。

陽光從窗外射進，柔和而又溫暖。

一時間，項思龍不但不知身在何地，更不清楚曾發生了什麼事情。

勉力坐了起來，打量了一下身邊環境。

這是一間頗為舒適的茅屋，室內寬敞而又潔淨，他所躺著的坑對面是一個女人的梳粧檯，上面除了一柄木梳和一面銅鏡外，別無他物。左側是一個燒飯用的爐灶，上面放滿了缽、碗等等食器。

項思龍深吸了一口氣，想撐起身體起床，但覺傷口鑽心疼痛，一陣天旋地轉，不覺從坑上摔了下來。

屋外的人似聽到響聲，忙推門進來。

項思龍眼中餘光卻見一位俊俏農婦向自己奔來。

她的臉形也算得上是極美，與曾盈、張碧瑩不相上下，眉目如畫，略顯黝黑的肌膚卻還白裡透紅。

最使人迷醉的卻是她那黑白分明但又似蒙上一層迷霧的動人眸子，以及那成熟迷人的風姿，比之玉貞又是另一種絕不遜色的嫵媚美豔。

而她的年齡不超過二十五歲，正是女人的黃金歲月。

項思龍雖是在傷重之中，仍不禁看得食指微動，意亂神迷起來。

那少婦上前把項思龍挽起，語音清脆的道：「公子傷勢這般嚴重，就不要亂動了。是不是想喝水？」

項思龍心中又是一蕩，乘機半挨半倚靠在她芳香的身體處。

那少婦俏臉一紅，忙把他扶到床上躺下，低頭去倒了杯茶水給他。

項思龍稍稍回過些神來了，想起自己這次慘敗，不禁默然傷神。

少婦看到項思龍哀容滿面，一聲不吭的把茶水遞給他，秀目用一種複雜的目光看著項思龍。

她是個寡婦，嫁到這劉家二年，丈夫就病死了，守了五年的獨身，其中孤寂像她這種正當青春年華的女人自是難以述盡。

現在見到項思龍這般她以前從來沒有見過的英俊魁梧的男子，也難免不春心大動。

項思龍把遞過來的熱茶一飲而盡，頓覺口舌舒服了好多，見少婦一雙秀目灼熱的盯著自己，不禁慾念大起，目光也不由得落在那高高聳起的酥胸之上。

少婦似乎覺察出自己的失態，感到有些心慌意亂，而眼神裡卻還是一片火辣辣的柔情。

項思龍只感心念大動，朝那女人招了招手，沒想她果也坐近了過來。

項思龍伸出還滿帶傷勢的手輕揉她的纖腰，低聲道：「多謝夫人救命之恩，項思龍沒齒難忘。」

頓時那婦人粉臉漲紅，佯裝掙扎，嗔他一眼，無奈的嬌聲道：「項公子……」

項思龍摟著她的纖腰，心中一陣一陣的興奮刺激，連傷勢也忘卻了疼痛，把她身子拉倒，對著她的小嘴熱吻起來。

二嘴相碰，那夫人卻也不再掙扎，嚶嚀一聲，微閉秀眸，一雙手把他頸部緊緊抱住，口舌與他交纏起來。

項思龍想不到這婦人如此配合，雙手開始不規矩起來，由她的衣襟滑進去，肆意遨遊著她滑嫩凝白的胴體，然後停留在胸部，揉搓著那堅挺的酥胸。

少婦劇烈的顫抖和急喘著。

項思龍情火狂燒，一邊吻她，一邊為她寬衣。

少婦此時拋開了一切矜持，任他施為，還鼓勵地以香舌熱烈反應著，教項思龍魂為之銷。

這類平時抑制自己情慾的少婦，一旦遇到自己心動的男人，動起情來，很多時比蕩婦淫娃更不可收拾。

眼前這婦人便是這樣，久蓄的慾潮愛意，山洪般被引發奔瀉。

兩人纏綿良久，若不是項思龍傷重體弱，說不定能恩愛個通宵達旦。

項思龍就在這婦人家住了下來。

從中他瞭解了這裡就是劉邦的故鄉豐邑，他所住下的這個村子叫中陽，那婦人就是劉邦的大嫂劉氏。至於劉邦，聽劉氏說他是個放蕩不羈，終日遊手好閒的地痞無賴，看似一家人都不大喜歡他，只有劉邦母親卻對他疼愛得很。

項思龍知道了這裡就是劉邦故鄉，不由得心裡激動異常，緊張而又興奮的問劉氏道：「那麼劉邦現在哪兒去了呢？怎麼不見他？」

劉氏看著傷勢恢復過來英氣逼人的項思龍，眼中盡是溫柔之色，這會聽他問起劉邦，有點驚奇的道：「難道你也認識他？他被阿爹趕出了家門，聽說在沛縣又做了混混兒呢！」

說完秀目閉下來，似乎對劉邦除了有著怨恨外，好像又有著不少的愛憐，但又似有點責怪項思龍怎麼去跟劉邦混在一起？

項思龍瞧著她那怨氣橫生的嬌態，禁不住心中一樂，摸了一把她的酥胸道：「我可不認識他，不過我為了找他，卻歷盡了千辛萬苦。」

劉氏似是不明其意道：「你既然不認識他，又為什麼要找他呢？」

項思龍知這話跟她說不清楚。難道說自己知道劉邦將來要做漢皇帝而來投靠他嗎？這話即便說出來她也不會相信。當下忽然記起了史記上有關劉邦出生時有七十二顆胎痣的傳說故事，當下微微一笑道：「他可是個龍種呢，我想跟著他也許將來會有出息的。」

劉氏歎了一口氣道：「是有不少人這樣傳說。當年小叔出生那天是盛夏的一個炎熱天氣，說也奇怪，那天的太陽似乎比平時灼烈許多，讓人感覺異常的悶熱，產生一種莫名其妙的煩燥情緒，就連許多家禽也都失去了往日的活力，都躲到了蔭涼的地方去，動也懶得動。弄得人人提心吊膽，惶恐不安。小叔出生時也是讓人著惱，遲遲不肯臨盆，害得婆婆痛苦了大半天才生出他來。可他一臨世，怪事也就來了，這異常的天氣在這一刻也就很快恢復了正常。」

說到這裡臉上也不禁露出驚異神色，但轉瞬即逝，頓了頓又道：「小叔出生後也怪得很呢，他的左腿上竟生有七十二顆很有規則排列著的黑痣，剛好與赤帝子的七十二之數竟是相同。由於這些以前聞所未聞，見所未見的怪事在他身上發生，所以也便把他神話起來，說他是什麼『龍種』，在他身上有什麼『雲氣』，將來會成就什麼大事業，造福萬民等。可我瞧他現在那一副不學無術玩世不恭的浪蕩模樣，誰也不會相信他將來能出人頭地，你可不要去跟他學壞了，他身邊不三不四的酒肉朋友可多呢。」

項思龍嬉笑稱是，心下卻是一片黯然，也說不清是一種什麼感覺來。一個地痞流氓的模樣在他心目中是怎麼也溶不進那戰火紛飛的場面中去。項思龍的眼睛模糊在了自己在戰場上所見到的血肉橫飛的景況中。劉邦是怎麼禁受得住那種戰火的磨煉呢？

項思龍在這村裡漸漸熟悉了起來。

這中陽村處於中原南部的盡頭，也是原楚國北向的盡頭，因遍地沼澤，交通閉塞落後，所以沒有受到秦強有力的統治，而長期處於一種放任自流狀態，所受到的外界影響最為淡薄，這裡的老百姓對於政治的觀念也很淡漠，他們仍然過著自然、古樸的生活。

項思龍感到一種寧靜的恬靜之餘，又不禁心潮湧動。

劉邦在這種環境下的不安分，或許隱示了他將來成就大業的跡象吧？

這樣想著，項思龍對這裡傳言劉邦是個無賴小子的怪異心理平靜了許多。

這天，劉氏有點含羞的拉著項思龍的手說，劉公要見他。

項思龍心中猛的一突，雖然這中陽村大半的人都知道並接受了他和劉氏的同居關係，但今天劉公要見他，顯是情況有些不同尋常。

難道劉公準備把這劉氏許給自己？那可不行，自己可從沒愛上這劉氏啊！自己和她親熱，也只是為了打發心中的失意和孤悶罷了。

項思龍想到這裡真是哭笑不得，但又想著自己可見一見漢高祖劉邦的父母，也是一份福氣。當下硬著頭皮半喜半憂的跟著劉氏去見劉公。

穿過一條石板路，再繞過幾座房舍，不多時就來到一座模樣雖是陳舊，卻還稍有點氣勢的高樓之前。

劉氏拉著項思龍的手毫不顧忌的往那舊樓房走去。

項思龍只覺臉上有點發燒，很想掙脫開來，但又有點力不從心的感覺。

想不到這妮子迷戀自己竟如此明目張膽起來。這次劉公要見自己，肯定是她從中搞的鬼。

項思龍想到這裡，又感覺著一份甜蜜和自豪。哈，想不到在這古代，自己的魅力竟如此之大，把這些美女一個個都給迷得神魂顛倒。

項思龍還正這樣古古怪怪的想著，兩人已來到了一個大廳中。大廳中的擺設並不華麗，幾張靠背木椅和一張方形長桌，桌上放著幾隻茶杯，簡樸得很。

項思龍的目光很快的把室內佈置掠過，最後落定在正堂坐著的一男一女身上。

那男的差不多五十多歲，一臉的老實忠厚，因勞作而風塵僕僕的臉上顯出被歲月風霜刻下的深深皺紋。

這就是劉邦的父親？如此模樣平凡的人物，竟生出一個在歷史上充滿傳奇色彩的漢高祖？

項思龍心下不置可否笑笑，目光又朝那四十來歲的婦人身上投去。

卻見她眉目如畫，眉宇間透出一種哀愁，讓人也為之心碎。身上穿著一身素白衣服，皮膚細嫩白膩，雖是徐娘半老，卻仍顯出一種楚楚動人的姿態。

項思龍不由得對這婦人有一種莫名的親切感覺。

那婦人目不轉睛的盯著項思龍，臉上神色大變，愈來愈怪，似是見著了久別的親人般，禁不住站起身來往項思龍走近，整個嬌軀都在顫抖著，嘴角動了幾下，卻又似被什麼卡住似的，叫不出聲來，淚珠兒滾滾流下。

項思龍一臉的驚詫莫名，但看那婦人搖搖欲倒之勢，忙上前一把把她扶住。

那婦人倒在項思龍懷裡，臉色蒼白，喃喃自語道：「少龍，你終於回來找我了！」

項思龍聽得虎軀劇震，語音怪異而急切的道：「什麼？伯母，你認識我父親項少龍？」

那婦人臉色也是一怔，緩緩的站直身來，上上下下的打量著他，驚疑的問道：「你不是少龍？你是少龍的兒子？」

項思龍快速的點頭道：「是的，伯母，我爹是項少龍！我是項少龍的兒子，叫作項思龍。」

那婦人這會清醒了過來，目光溫柔的看著他輕聲道：「你爹還好嗎？」

這話把項思龍問得一愣，難道她也不知道自己父親項少龍去了哪裡？而只是認識他而已？

項思龍想到這裡，心不禁冷了下來，一臉失望而有氣無力的道：「我也在尋找我爹呢！伯母有沒有他的消息？」

那婦人搖了搖頭，在眾人的詫異目光之中，拉著項思龍道：「我們到後廂去說吧。」

項思龍和那婦人沉默著，空氣如柔和陽光般，讓人感覺一份溫暖的親切。婦人總是用一種嫵媚而又慈愛的目光盯著項思龍，似乎想從這熟悉的身影裡尋找昔日那讓她醉心的回憶。

項思龍的心情卻是無比的沉重而又興奮，看來父親是真的來到了這古秦！還在這朝代中生活下去，而師父李牧和眼前這美少婦都認識他。

不過讓他感到惶恐不安的是，他們全都不知父親的下落。

唉！爹，你在哪兒呢？你可知道孩兒是多麼的想念你啊！

那婦人這時輕柔的道：「思龍，你怎麼也沒跟你爹住在一起？」

項思龍對這個問題可不知道怎麼回答，只好含糊其辭的道：「十多年前我們被戰爭衝散了。」

那婦人也沒有懷疑，輕歎了一聲道：「唉，也不知你爹現在怎麼樣了？」

項思龍沉默一陣，心中一動道：「伯母，你當初是怎麼認識我爹的呢？又怎麼會跟他分手的呢？」

那婦人似乎被他的話引發了心思，陷入沉思。

原來這婦人就是當年項少龍被「馬瘋子」用時空機器送到古秦時所遇到的美蠶娘，後來項少龍與烏家總管陶方一起去趙國邯鄲，途中因顛傷流離，她便沒有與項少龍同行，轉回了桑林村。她等了項少龍二年，後來因戰事連連，桑林村又鬧旱災，無奈之下只得背井離鄉來到這中陽村時被劉公收留，剛好這劉公前妻去世已經有二年了，見美蠶娘貌美溫柔，便娶了她作填房，給他生下了一子，便是劉邦。

項思龍聽得她這一番傾述，心中也只覺百感交集，甚是同情起眼前這與父親曾經歡好過的女人。

但又總覺心裡有個怪異的想法，這劉邦會不會是她與自己父親項少龍所生的兒子呢？心中愈想愈是忐忑不安和激動起來，禁不住脫口而出道：「劉邦是你和劉公所生的兒子嗎？」

美蠶娘俏臉一紅，嬌態饒人，搖了搖頭輕聲說道：「在嫁給劉公之前，我就覺得自己有了身孕，可也奇怪這孩子就是久久不肯出生，等嫁了劉公一年半後才臨世，所以他也不知道劉邦非他親生的。」

說到這裡臉色羞紅，不敢正視項思龍。

其實說起這美蠶娘遲遲沒有生下劉邦，卻也有一段原因。

原來當年項少龍被時空機器送來古秦時，生育能力被其中紫外線射傷，以致失去了產生精子的能力，但他剛到古秦時，體內還存著一些活性精子，只是其活躍能力不比常人，而項少龍到古秦，第一個與他歡好的女人就是美蠶娘，所以她能懷上劉邦，但那些精子與卵細胞結合較慢，所以她懷了身孕以後仍遲遲沒有生下劉邦。

當然這其中的過節，美蠶娘與項少龍是不會明白的，就連項少龍也不會知道他在這古秦裡竟有了一個親生兒子，並且這個兒子就是與他義子項羽將來一爭天下的劉邦。

項思龍頓時整個人呆在那裡，心想我此次來古秦的首要任務，是不讓歷史發生變更，可爹已……但他回心一想，卻又是一陣狂喜。

哈，劉邦竟是與自己同父異母的兄弟，自己的兄弟劉邦竟是歷史上赫赫有名的漢高祖，那自己可也就有了皇親血統了，而爹所做之事，也無改變史記。

想到這裡，不禁笑出聲來。

美蠶娘驚訝而含羞的看了他一眼，柔聲道：「思龍，什麼事這麼好笑？」

項思龍頓然斂住笑容，想到眼前的這位美婦人也是自己的二娘，當下站起身下拜道：「二娘在上，請受孩兒一拜！」

這下弄得美蠶娘手足無措，又驚又喜又悲的扶起他來，緊緊的把他抱住，失聲低泣起來。

項思龍想著另一個時空的母親周香媚，也不禁悲從中來，虎目流下幾行鐵血漢兒的熱淚，在這美蠶娘身上，他也似乎找到了一份久違了的偉大母愛。

劉邦是父親項少龍的兒子！

劉邦是自己同父異母的親兄弟！

劉邦是名垂千古的漢高祖！

項思龍這兩天來一直被這個突如其來的消息興奮激動著。

劉氏這會卻失去了往昔的熱情，神色黯然的默默看著項思龍。

項思龍心中雖覺愧然，但自己已有了兩個妻子和一個愛妾，狠下心來拒絕了劉氏的這番情意，心中也覺輕鬆不少。

劉公雖然有些忿忿然，但美蠶娘卻也委婉的幫項思龍說了好話。

既然人家不願意，難道自己還要厚著臉皮賴著他不成。劉氏只覺心中如刀絞般疼痛，但又感非常的無可奈何。

項思龍看著眼前這楚楚憐人的劉氏，歎了一口長氣道：「明天我想起程去沛縣城尋找劉邦，以後有機會，我會回來看你的。」

劉氏已是淚珠盈盈，低泣道：「項郎，你為什麼就這麼狠心丟下人家呢？就算為奴為婢，我也願跟著你一輩子啊！」

項思龍看著她的悲狀，心中也不知是個什麼滋味，幽幽道：「這裡的生活很是平靜，外面卻是戰火紛飛，跟著我只會吃苦。好了，別哭了，我們是有緣無份，等來世若有可能，我再娶你為妻吧。其實像你這麼美麗溫馴的娘子，誰娶了你，都是他的福氣。」

劉氏聽了淒然一笑，知道再說也還是不能打動這位讓自己迷醉的魁梧漢子，想起離別在即，便要求項思龍與她今晚再歡好一次。

項思龍心中酸楚，二人當夜抵死纏綿，到了次日清晨，才昏昏睡去。

翌日，項思龍睡到日上三竿，才匆匆起床漱口。

劉氏自是又與他糾纏一番，二人吃過早飯，項思龍正準備去劉府向美蠶娘辭行時，卻見美蠶娘帶喜色的向劉氏住處走來。

項思龍連忙迎去，卻聽美蠶娘一見面就衝著他興奮的柔聲道：「邦兒回來了！正在家裡歇著呢！」

項思龍心中一陣猛顫，頓覺整個人有些昏眩的感覺，手足無措的拉住美蠶娘道：「真的？那你快帶我去見他！」

劉氏見著他這種激動神色只覺有些驚訝，心想邦弟從小頑皮，長大之後又成了一個無賴哥兒，但思龍聽著他的消息何必如此失態呢？

美蠶娘卻以為他是念著自己的弟弟，見他如此衝動，以為他兄弟情深，只覺心裡非常的感動，被項思龍拉著邊走邊說道：「好啊！那我們快走吧！」

三人各懷心情的往劉府快速走去。

剛到得門口，只聽得一個聲若洪鐘的聲音道：「這次娘一見我回來，竟高興得像失了魂似的，就往大嫂家去，也不知有什麼大不了的事？」

項思龍的心頓被提到了喉嚨，說話的這人定是劉邦了！是自己的兄弟劉邦了！是將來一統天下的漢高祖了！但是他長得是什麼樣子呢？

項思龍懷著複雜的心情走進了劉家大廳，卻見一個身著藍服的漢子正站在大廳中央，正對著劉公說話。

# 第十一章　草莽英雄

興奮和緊張的心情，讓項思龍不由得仔細打量起自己這位將來一統中原的兄弟劉邦來。

卻見他濃眉寬額，顴骨渾圓高起，使人看上去極具威嚴。一雙閃閃有神的眼睛予人以深邃莫測，複雜難明的感覺，最引人注目的是他下巴那一叢濃密漆黑的鬍鬚和他高大魁梧的身材，隱隱給人一種威霸天下的氣勢。但是嘴角那抹讓人微覺輕浮的笑意和眉宇間顯出的放縱神色，卻又讓人覺著他性格雖是豁達大度而行為則可能是放蕩不羈來。

劉邦這時正對著父親劉公說話，倏見項思龍也是一陣愕然，只覺項思龍的目光似能看穿他的肺腑，讓他心底一片驚然，但旋即平靜，走到美蠶娘身邊豪爽的道：「娘，這位兄弟是誰？看他那英武不凡的姿態，真讓人感覺有著一見如故的感覺。」

項思龍聽得這話微微一笑，暗自佩服劉邦的結交手段，就此一句話就讓人對他產生好感，當下朗然道：「這位想必就是沛縣江湖中人人稱道的劉兄弟了，在下項思龍，今日能得以識見，實感三生有幸。」

項思龍雖然知道劉邦是自己同父異母的兄弟，但想著他將來是風雲一世的漢高祖，異常高興，然而也感覺自己幸運得很，於是說出此番客套話來。

劉邦目中異光一閃，似感自豪不已，但亦又似怕被項思龍看穿心事，謙然道：「項兄哪裡話來？像你這等鬚眉好漢，我劉邦是打心眼裡願意結識呢！」

項思龍從劉邦這短短坦誠數語之中，又感覺出了他雖有點自高自大，但還是可以壓制心中驕態，虛心且很有心機，很會識人量才，心想難怪他能深獲人心，結識許多奇人異士，為他所用，幫他成就大業。當下謹聲道：「劉兄弟真是太抬舉在下了，不過若真是有幸能與你結拜為兄弟朋友，我自也樂意，求之不得。」

劉氏和劉公二人見項思龍和劉邦一見之下似乎很是投緣，均感詫異得很。因為在他們心目中，劉邦和項思龍根本是兩種截然不同類型的人物。

項思龍正義剛烈，俠骨柔情。而劉邦則是遊手好閒，愛惹是非。

這樣的兩個人怎麼會如此談得來呢？

美蠶娘則是心知肚明是怎麼一回事，目光柔和而慈愛的看著眼前這英俊魁梧的兩兄弟，他們雖然是兩種性格，但一見之下卻都是油然感覺一種兄弟情長，心下高興不已。

劉公詫異之下回神過來，聽得項思龍如此說來，暗想若是邦兒以後能跟他在一起，或許可以改掉從前的許多陋習，說不定還真會有點出息呢。當下欣然大笑道：「那以後犬子還請項少俠煩心一二，多多管教了。」

項思龍心下不置可否，感覺劉公對兒子劉邦的煩厭情緒溢於言表，當下冷然道：「伯父此言何講？我看劉兄弟外表雖是放蕩不羈，但他胸懷大志，以後定非池中之物，是他人所不能及的，我能跟他結交已是感覺非常榮幸了。」

劉公聽得臉色一變，知項思龍在含沙射影說他沒眼光，當下乾笑兩聲掩過臉上不悅之色，陪笑道：「那就承項少俠吉言了。」

項思龍看著他臉上尷尬之色，心下不以為然，淡淡道：「哪裡？晚輩只是聽不慣有的人說劉兄弟閒話而已。」他可真是愛屋及烏了。

劉邦則是心下又是高興又是感激，大呼：「知我者莫若項兄弟也。」

眾人談得不歡而散，只有劉邦和項思龍互感「心有靈犀一點通」。

劉邦大笑道：「項兄弟真是痛快，我那死古板的老爺子這下定被你氣得屁股冒煙了。」

項思龍懷著一種複雜的情緒看著眼前這個自己的兄弟，看他現在如此粗魯，活生生的一個市井流氓形象，真的是教人難以把他和將來馳騁疆場，指點江山的漢高祖聯繫在一起。但史書上確是這麼記載的啊！項思龍歎了一口氣，低落的情緒又升起了些許希望。

我一定要幫助他，憑著自己通曉他們這個時代的歷史和比這個時代的人多出二千多年的文化知識，也要使他成為名副其實的漢高祖，而自己這樣的行為也沒有改變歷史的發展……

但是他怎麼也沒有想到將來楚漢相爭時，項羽身邊的謀士是與他一樣具備了同等條件，而又是自己苦苦尋找的父親項少龍。

項思龍定下心神，微微一笑轉換話題道：「不知劉兄弟將來有何打算呢？難道甘心如此平凡一生嗎？」

劉邦只覺心中一震，想不到項思龍一語說中他不甘平凡的心事，嘮嘮道：「項兄此言何意？我乃一介被人看不起的草莽武夫，何談能成什麼大業？倒是教項兄見笑了。」

項思龍知他現在還不能信過自己，爽然一陣大笑道：「現在天下局勢混亂，群雄紛起反秦，陳勝王更是如日中天，那麼劉兄弟對此有何感想？」

劉邦盯著項思龍良久，似乎想從他臉上尋找他心思的蛛絲馬跡來。

項思龍鎮定自若，滿臉期待的等著劉邦說出他心中誠摯的話來。

劉邦沉默良久，沉聲道：「若想成就大業，此時乘勢而起，自是千古良機。」

項思龍雙掌一拍道：「劉兄弟此言極是對矣，陳勝王何能速成此勢？皆因天下苦秦久矣。若劉兄弟欲成大業，必儘快尋找機會起事，方能穩住一片陣腳，否則群雄皆起，眾多勢力都大於己，那時何能與之相抗？」

劉邦渾身一顫，目露駭異之色，望著項思龍低聲道：「項兄原來也是胸懷大志，但不知你有何起事良策？」

項思龍沉吟一番道：「欲起勢自是先占己方勢強之地，像劉兄弟在沛縣深得人心，不若借其之強取弱之地，先立陣腳，以壯己勢，再謀他圖。」

劉邦聽得大為嘆服，但仍搖搖頭道：「項兄不知，我雖結交眾多各方之友，但其中多為酒肉之交，哪像項兄這般雖相識不久已能推心置腹？他們口中雖是應承附和，但萬一起事，要是人力以我為主，恐怕不能令他們心服口服，唉，這也全怪我平時除了人緣之外，別無他長。」

項思龍聽得劉邦如此氣短，也心有同感，但自己知道劉邦口中所說的人緣，那都是聽得有關他出生時神奇傳說之後才跟他虛與委蛇，哪像自己已知道他將來是位名傳千古的開國君主呢！

想到這裡心念一動，驀地記起史書上記載劉邦以後是怎樣在眾人面前樹立威信的故事，當下心中有了算計，哈哈大笑道：「劉兄弟勿為此事擔憂，為兄自會替你想出一個萬全之策來。」

劉邦此時一臉莫名驚詫，但他也不知怎的，只覺心中格外的信任這個剛相識不久的「項大哥」，且對他有著一種自然而然的親切之感。

不覺間，項思龍與劉邦在這中陽村住了有兩天，但兩人終日形影不離，侃侃而談當今天下局勢。而這二日中，劉邦已瞭解到項思龍的學識、膽略、武功，心中更是欽佩不已。

同時項思龍也略略瞭解了劉邦的些許前科。

原來由於劉邦出生時，當地充滿了神話色彩，而人們紛紛傳說劉邦是個「龍種」，所以劉公從小對他非常溺愛，更加上是中年得子，而又有二子已成人，因此劉邦自少到大從無做過家中任何之事。

劉邦也由於父親劉公的寵愛，所以自小就特調皮，不學無術，不思長進，漸漸的養成了遊手好閒，好吃懶做的惡性習氣，長大以後更變本加厲，任劉公怎樣管教，還是死性不改，依舊我行我素。

而劉公也因自覺從前對劉邦管教無方，現已是無能為力了，於是便對他放任自流，同時心中也慢慢的討厭他起來，每每見到他不是訓斥，就是挖苦，要不然就是愛搭不理。

劉邦見一家人除了母親疼愛他之外，其餘的人都對他非常冷漠，於是一氣之下與平時幾個要好玩友離家出走，到沛縣縣城謀生去了……

可他到了縣城之後，還是憑著自己在鄉間的慣用手段，又大力吹捧自己是「龍種」之說，使得許多好奇和迷信者都來拜訪他，很快使他在這人生地不熟的縣城中站穩了腳跟，並且和城內黑道人士建立了良好的關係，頓時使得他名聲在沛縣周圍人人知曉，但同時這段時間裡也令他增長了許多見識和完善了腦中的成熟思想，可最為慶幸的是結識了有利臂柱的樊噲、周勃和夏侯嬰，這三個是幫助他成就大業的好兄弟。

項思龍自從瞭解劉邦的經歷後，心中除了感慨之外，就是覺得劉邦也許就因這段經歷才顯出了他今後那不同常人的思想吧……

次日，項思龍和劉邦決定離開中陽村，前往劉邦所混之地沛縣。

但臨別時，劉氏眼中的哀怨真是讓項思龍不敢逼視，想起她在自己傷重後，被救的那些日子裡，給予自己關護的愛撫，就不禁黯然神傷起來。

美蠶娘也是一路沉默，秀目中淚珠盈盈，難分難捨的看著這兩兄弟，但她明白他們都是自己心中深愛那個男人的兒子，他們身上所流的正是他那不平凡的血液，所以他們決不會安於這種平凡的生活，他們也都會像他一樣要到戰火紛亂的紅塵中去拚去搏。

但她擔心的就是他們會不會像他們父親一樣一去之後，就一輩子都見不到了呢？

項思龍看著美蠶娘神色，心中明白這個嬌美柔弱的二娘心思，便拉著劉邦兩人緊緊的握住她的雙手，想給這個苦命女人一點臨行前的慰藉。

而在旁的劉公沒有多少神色，也讓猜不透他心裡到底是喜還是憂。同時劉邦也對他沒有多少好感，只是在一旁與美蠶娘親親熱熱而又淒淒涼涼的相互說著道別的話語，走時連看也不看他一眼。

項思龍心中雖也對劉公這人沒有什麼好感，但看著他臉上那被歲月風霜而刻下的深深皺紋，也不禁深深的同情起這個勞碌了一輩子的平實老人來。他終究也曾深深疼愛過劉邦，還在這戰火紛飛的年代裡把他撫育成人，就憑這一點，他就算得上是個慈愛的父親了。

項思龍前前後後的想著，又不禁想起還不知身在何方的父親項少龍來，長歎了一口氣，看著身後漸漸倒退的人影，心中總覺被一種什麼東西卡住似的。

項思龍和劉邦到了沛縣縣城時，已是第二天的黃昏時分。

沛縣並不算大，也沒有像泗水郡城那樣高大的城樓和護城河，連這裡的所有建築都不宏偉，大半是低矮的農舍和倉庫，偶爾看見一兩處富家的府第。

但比起自己所見的陳平府來確實相差太遠了，以此推斷沛縣的經濟並不發達。

剛到縣城，劉邦就直領項思龍往城東的一家酒店而去，他們到達店門之時，項思龍發現店裡只稀稀疏疏的坐著幾個漢子正在喝酒聊天，可他們一見劉邦進來，都忙客氣的跟他打招呼，而自己這樣魁梧高大的身形，反倒沒有人理睬。

劉邦對項思龍莞爾一笑，目光略掃過店裡，發現老闆娘王媪不在，便逕自走到店裡內室門口叫喊道：「老闆娘，快點出來，給我上二壺上等好酒和幾碟像樣小菜，我今天有個好兄弟剛來縣城，我要在此為他接風洗塵！……」

話聲未落，屋裡已有個女人脆聲應道：「是劉爺嗎？請稍候，酒菜馬上就來。」話剛說完，這女人想起什麼似的驚道：「噢，對了，劉爺這兩天怎麼沒見你人影呢？你的幾個兄弟樊噲、周勃、夏侯嬰都到處找你，像是有著什麼重要事情要與你商量呢！」

隨著話聲而出，門口已站著一個三十幾歲的中年婦女，她的容貌並不算得俏麗，身材也略顯肥胖，但臉上所露的神采，倒是有著男子的幾分豪氣。而她見項思龍似乎被他的氣勢所吸引，盯了他好一會兒，才滿臉推笑的走到劉邦身邊問道：「劉爺，這位少俠是誰啊？以前怎從沒見過？是否就是你剛才所說的那位好兄弟嗎？」

劉邦聽後豪然一陣爽笑道：「老闆娘，你看這裡除了我這兄弟外，還另有他人嗎？」說完他就向王媼介紹道：「這位就是我剛剛結識的大哥項思龍。」

隨後又向項思龍介紹道：「這位女子就是此店老闆娘王媼。」

王媼二字入耳，項思龍頓然記起史書上說劉邦經常到王媼、武負兩家酒店喝酒之事，想不到眼前這有幾分男子豪氣的女子就是王媼，當下客氣的點頭道：「在下項思龍，初到貴地，今後還請王夫人多多關照。」

王媼臉上一紅，笑道：「項少俠何必如此客氣？對了，二位淨站著幹嘛？找個地方坐下，我這就去給你們準備酒菜。」

說完匆匆離去。

望著王媼離去的背影，劉邦對著項思龍耳邊低聲道：「真想不到大哥原來英武不凡，魅力無窮，我看這老妮子都被你給吸引住了。在此以前，她對我從來沒有這麼熱情過哦。」

項思龍聽完劉邦的調笑，笑罵了幾句，就開始觀看起店內的事物起來了。

沒過多久酒菜都送上了桌來，雖算不上上等酒菜，但也有魚有肉，可算是豐盛得很。才幾杯酒下肚，劉邦的話頭又來了，他乘著酒興向項思龍說道：「大哥，不瞞你說，在這沛縣我最喜歡的就是到王姐這家酒店和城西武負開的那店了，她們的為人真沒得話說，在我劉邦窮困潦倒時也還是照樣的給吃給喝，不像有些傢伙狗眼看人低，他日我若能出人頭地，決忘不了她們的這份恩情，來，項大哥，喝酒。」

就在這時，門外一陣雜吵之聲傳來，卻見三個二十幾歲的豪武大漢已向他們這邊走來，其中走在前面一個手足粗壯，兩眼神光閃閃，臉目粗豪的漢子連連叫道：「劉大哥，怎麼喝酒也不叫兄弟一聲？」

劉邦一見這三人來此，已忙迎上去，口中興奮的道：「哪裡哪裡，兄弟正想等會去找三位兄弟再喝他個盡興呢。」

可一見三人目光盡都朝項思龍望去，似露訝異和不悅之色，又慌忙道：「來來來，大家都先坐下，等兄弟慢慢向大家介紹。」

三人坐定，也都添小碗筷，再要了幾壺酒來。劉邦為雙方介紹過後又大讚起項思龍劍術的高超來。

項思龍此時已知這三人就是樊噲、周勃、夏侯嬰了，想著他們以後都是劉邦身邊的開國軍臣，忙注目細細打量。

先前說話的那人就是樊噲，粗武中不失豪氣，滿臉的絡腮鬍子，給人一種威猛逼人的感覺。

但左旁的周勃卻顯得瘦弱了好多，還頗帶幾分文士秀氣，只是渾身上下透出一種令人深感堅毅不拔的氣質。

而右旁的夏侯嬰則是一個粗壯漢子了，前額寬闊，滿臉的英氣顯出他成熟的精明。

三人見項思龍一聲不吭打量自己，頗有點像傲慢不遜的模樣，心下有氣，但礙於劉邦先前對他敬重的樣子，所以強忍不敢發作。

可酒喝到中途，直性子的樊噲聽著劉邦誇讚項思龍的劍術如此高明法，心中再也忍不下去，忽地站起身道：「大哥，那就讓小弟與項兄比試過兩招，為大家助助酒興如何？」

樊噲宏亮的聲音，令店內所有人士哄然叫好，連忙拉開各自桌子，空出場地。

項思龍一見如此場面，只好無奈的笑笑，走到已站在空地中的樊噲對面而立。兩人這時劍都尚未出鞘，可人都已屹立如山，對峙場中，頓時整個店內的氣氛都靜了下來。

因為眾人均屏息靜氣，怕擾亂了兩人的專注。

「鏘！」樊噲首先拔出他的七墨劍，橫胸而立，大有橫掃三軍之勢。

項思龍凝神而注，亦感對方劍氣逼人，也只好緩緩拔出尋龍劍，擺開劍勢，進入「雲龍八式」中的「守劍式」。

樊噲終是耐不住性子，一見對手已拔出佩劍，就身形一閃，搶至項思龍身前四五步許，七墨劍由內變出，劃出一道弧線，閃電般向項思龍腰部擊來。

可他不知自己的先攻反而中了項思龍的「引蛇出洞」之計，這時項思龍一見寒劍攻至，不慌不忙，使尋龍劍疾出如風，形成一片劍網守住門戶，而於嚴密封架中作少許的反擊。

剎那間，只聽得「噹噹噹噹」兩劍連連交擊之聲，這震耳的撞擊聲聽得眾人心弦震撼，狂跳不已。

兩人愈打愈快，所發的劍光使眾人眼花神搖，竟連酒茶都忘記喝了，拍桌助威起來。

這時店中來了很多聞風而至的人，頓把小店裡週邊擠得水泄不通，就連在旁的桌子上也都站滿了人。

王嫣看得又氣又惱，卻也是沒得辦法，何況她也被場中二人的精采打鬥吸引住了呢？

突地樊噲大喝一聲，「喳、喳、喳」連擊出三劍，劍芒在他身前劃出一個個小劍卷，反映著劍光，淒厲無比卻讓人覺著劍身全無實感的向項思龍襲來。

如此劍法，確是驚世駭俗，如一般高手身當其鋒，都會有種難以招架之感。同時項思龍想不到如此粗壯之人，所使的劍法竟這樣精微至此，能封死自己劍招所有進路，不禁雄心大振，仰天長嘯，劍勢略收，再化飛虹，把「雲龍八式」淋漓依次揮出，卻又用勁適可，不致傷著對方。

只見劍芒閃動，劍吟之聲不絕於耳，長劍幻成的一道道精芒，電掣而出，有若風雷併發。

眾人初睹如此神奇的劍技，都目瞪口呆，心醉神迷。樊噲亦是感到對方劍勢有如千軍萬馬攻至，讓人生出欲避無從的頹喪感來。而觀項思龍面色，他每式出手都從容自若，看似練劍而不是比鬥。

這時場中發出「噹」的一聲巨響，在場兩人已同時收劍後退。而樊噲目露駭異，虎視眈眈地看著項思龍，似是定神般立在那裡……

項思龍則微笑抱劍一揖道：「樊兄，承讓了。」

圍眾者則看得如癡如醉，還不知誰勝誰負，一聞項思龍的話後，頓時喝采聲如雷，場面激昂熾熱，都對這場精彩的比劍表示歎為觀止。

這時，劉邦站起拍掌哈哈大笑道：「好劍法！好劍法！二位兄弟劍術如此神妙，且旗鼓相當，真讓我們大開眼界。來來來來，我們來為他們的驚世之技慶祝，今天來個不醉不歸。」

呆坐的周勃和夏侯嬰被劉邦的話驚覺過來，都不由打心底裡佩服項思龍，連忙把他和樊噲拉過入席。

樊噲雖明知自己不是項思龍敵手，臉色微紅，但並不氣惱，舉杯向項思龍道：「項大哥劍術蓋世，我樊噲心服口服，剛才若不是大哥有意相讓，兄弟早已灰頭土臉敗下陣了。來，我敬你一杯。」

項思龍一見樊噲這憨直的性子，也忙舉杯笑道：「樊兄過謙了，你方才所攻之勢，雄偉宏博，也讓我覺得有著無從招架之感呢！」

在桌眾人一見兩人如此客氣，一齊哈哈大笑，把剛才的不快頓化作煙消雲散，只覺得彼此感情一下子親切許多。

次日，項思龍在酒店劍敗樊噲的消息在沛縣很快傳了開來。

至於樊噲，沛縣中人人知曉。他以屠狗謀生，力大無窮，且劍術高超，在沛縣地界中享有很高的聲望。

現在出了個既英俊瀟灑又魁梧高大的項思龍，三招二式就擊敗樊噲，人們自是大感興趣，茶餘飯後都談項思龍。

這天，項思龍和劉邦、樊噲、周勃、夏侯嬰幾人又坐在王媪的酒店裡喝酒聊天。席間，他們漫無邊際的向項思龍談論著沛縣的奇聞逸事。

但項思龍心中興趣不大，只漫不經心地在旁靜聽，心裡卻想著曾盈、張碧瑩她們。

樊噲雖是粗漢，但一望項思龍臉色亦也意識到了項思龍心事重重，開玩笑的道：「項大哥何事心煩呢？現在我們眾兄弟在此把酒言歡，你一個人愁眉苦臉的，是不是想著哪個妹子呢？」

周勃也接口笑道：「原來是這麼回事啊！項大哥要想女人，這還不好辦？聽說我們沛縣最近來了個富豪，叫作呂公的，是為躲避仇家才搬到了我們沛縣，和我們縣令還是故交好友呢！」

頓了一頓又道：「縣令溫雄為了呂公的到來，明天還大擺宴席為接風洗塵呢，還有一樣更妙的事，就是呂公有兩個如花似玉的女兒，大女兒叫呂雉，小女兒叫呂姿，聽說明天呂公將在宴席上為她們擇婿，憑我們項大哥的人才武略，一去之後，定可贏得美人歸，說不定還是一箭雙鵰呢！」

頓時眾人哄然起笑，劉邦更是意興盎然，拍著項思龍的肩膀欣然道：「好，項大哥，就這麼說定了，我們眾兄弟明日同去呂府。」

這時突聽得左邊桌上有個清脆的聲音輕哼了一聲，似是對他們的話表示不滿。

項思龍尋聲望去，即見一雙清澈澄明的眼睛也向自己望來，不禁心底一陣莫名的震顫。

定下心神，再舉目望去，卻見一個身著白色衣裝，容貌美極，身材勻稱的俊俏少年嘟著一張小嘴，睜大著眼睛瞪著他們，見項思龍的目光總是盯著他，禁不住俏臉一紅，低下頭去。

夏侯嬰見是一俏美少年，不禁也怔了一怔，但心中一動，旋即笑起來捉挾的道：「這位小兄弟，看你細皮嫩肉的，是不是個異釵而扮的娘子啊？」

幾人又是一齊哄笑。

那少年卻被問得臉通紅，氣得像要哭起來似的。

項思龍一觀那少年的神色，忙止住眾人笑聲，起身到那俊美少年身側站定，溫和的笑道：「這位兄弟，我兄弟出言多有得罪，還請多多包涵。」

少年聽到項思龍所說的話後，似乎得到了些許安慰，神色稍稍平靜了些，一雙鳳眼似怨非怨的瞟了項思龍一眼，用清脆語音含羞的道：「多謝這位公子，小弟沒事。」說完帶著一陣香風輕快而去。

項思龍一見少年離去黯然一笑，心中似乎有著幾分惆悵的失落之感。

劉邦等人看著他那臉所露神色，都露出詭異笑意。

翌日，項思龍一早就被劉邦諸人吵醒，撿起他往呂府方向走去。

一路上卻見著絡繹不絕的人群也都像他們一樣朝著呂府方向奔走。剛到呂府，卻見門口已是人潮洶湧，大門處站著一排官府中人，正在忙碌的收點眾賀客所送禮金。

項思龍等倒是一愣。

他們這次一行人來可都沒有準備什麼禮物。

但這呂公說起來還算是個富豪呢？對外宣稱是想結識沛縣的各路英雄豪傑，誰知他還會趁此機會向眾人「勒索」一把呢？

大家想來心中雖是有氣，可一下子也都想不出什麼辦法可以進得府去的。

項思龍驀地記起史記上記載劉邦進呂府「送萬錢」的故事來，不禁心中一動，忙拉過劉邦在他耳旁低語一番，劉邦聽得哈哈大笑起來，在眾人詫異目光下大踏步往大門處擠去，到得那收禮金的幾個官府中人面前高喊道：「劉邦送禮金萬錢，暫且記帳！」這話頓引來旁者的一陣哄然大笑。

可劉邦說完，不管別人嘲笑，只向項思龍招了招手，大擺大搖的想向大廳走去。

這時一個二十左右，身材修長，目光閃閃有神的中年文士從收禮金坐處站起走出，攔住他道：「這位劉兄弟就不要難為在下等人了，天下間送禮，哪有記帳之事？不過就憑你方才口稱『送萬錢』的豪氣，蕭某倒是可以進去替你通報一聲，或許可讓諸位進得廳內。」

劉邦剛才被眾人嘲笑，心中本是已窩了一肚子的氣，這下可真是再也忍無可忍了，正想破口大罵。

項思龍卻是心中一愣，暗想：「難道眼前這並不起眼的文人，就是將來助劉邦治國平天下，勞苦功高的蕭何？」心想到此，忙拉住正要發作的劉邦衣角，走上前去恭謹的道：「請問先生是否是蕭何吏員？」

那文士聽得一愣，似是沒想到項思龍會認識他，但看項思龍態度語氣都很客套，忙也抱拳道：「在下正是蕭何，請問閣下是……」

項思龍見果真如自己所想，眼前之人正是蕭何，欣然道：「在下項思龍，因久仰呂先生大名，所以今日特來拜見，豈知……嘿，說出來不怕蕭大人笑話，我們皆是囊中羞澀之人，見著呂府此舉實也心中有氣，所以……」說到這裡臉上有點尷尬之色。

蕭何見項思龍如此坦誠，不禁暗暗欽佩，沉默一陣，似又想起什麼似的，笑道：「原來少俠竟是沛縣近來眾所周知的項少俠，久仰，久仰，那麼就煩請諸位稍等一下，待在下進去稟報呂爺一聲。」說完就往廳內走去，卻見中途閃出一個俏婢把他拉到一邊，指著項思龍在他耳邊低語了一陣，笑意神秘的看了項思龍一眼，輕盈而去。

蕭何此時臉色頓變得古怪異常，走過來上下細細打量了項思龍一番，神秘的笑道：「原來項少俠在呂府裡已有故人相識，那在下就不必如此麻煩進府通報了，諸位請！」

項思龍忽聽他此說，一臉的莫名其妙。心中暗忖：「自己在呂府中有誰相識呢？怎麼回事呢？」

雖是滿肚疑團，但見可以輕易進得府去，也就不再多想，對蕭何笑笑道：「那就多謝蕭兄了。」

蕭何似對他很有好感，也很有興趣，忙道：「項少俠無需如此客氣，他日如若有空，請到府上一敘如何？」

項思龍同時腦中也正想著今後怎麼去跟蕭何親近呢，聽他此說，正合心意，忙應聲道：「兄弟日後一定拜訪蕭兄……」

等諸人進得廳內，卻見裡面已是賓客滿堂。

眾人也找了個堂旁位置坐下。

剛一坐好，劉邦已笑說道：「還是項大哥有面子，沒想到你一出面，問題就迎刃而解。」

樊噲忙接笑道：「劉大哥你這就不知了，說不定項大哥認識這呂府小姐，你想情郎上門，那門官怎敢阻攔……」

眾人聽得齊聲大笑，項思龍也不禁莞爾。

待得盞茶工夫，突聽得有人哄叫道：「呂先生來了！呂先生來了！」

項思龍心神一怔，循聲一看，卻見一身著高瘦，相貌清奇，兩眼深邃，閃動著智者光芒，年約四十多歲的健鑠之人，正從後堂向廳內走來，他身邊跟著一個身著官服，身材肥大，像座肉山般，可能就是這裡的縣令溫雄了。

呂公似對溫雄毫不在意，逕自獨個兒向前走到廳內正堂坐下，環視了一下全場。

目光落在所坐堂旁的項思龍身上時，眼睛似乎猛地一亮，渾身一陣微顫，神情也變得得異常古怪。起身站起緩緩的向項思龍走來，目不轉睛的盯著他。

此時項思龍也被他目中精光看得頭皮發麻，心中納悶，莫不是他真看中了我，要做他的女婿不成？

# 第十二章　恩怨情仇

項思龍心中雖那樣想來，可渾身在呂公目光的逼視之下，仍是大感不自在。

在場中人也都是詫異之極，這呂公見著項思龍為何會如此失態呢？

場中氣氛一時怪異的靜了下來。

項思龍這時也收斂了一下心神，臉色微紅道：「在下項思龍見過呂公。」

呂公似沉浸在某一種追憶之中，此時被項思龍的話驚覺過來，感到自己的失態，忙收回目光，恢復冷漠神色道：「原來是近來譽滿沛縣江湖的項少俠，傳聞你劍術超絕，不知令師是當今哪位高人？」

項思龍一聽，心中未想到如何答好。

呂公見狀連忙接口說道：「不知項少俠鄉居何處？看似不像此地中人。」

項思龍心中暗覺這呂公似乎對自己有點熟悉，但又不敢做下某種肯定而有些懷疑的在試探自己。但這是不可能的啊！自己與這呂公素未謀面，他怎麼可能認識自己呢？就算自己來到古秦這麼長的時間，認識自己的人為數也不很多。難道……

項思龍心裡猛的一震，似乎明白了些什麼，難道他也跟師父李牧和二娘美蠶娘一樣，和自己的父親項少龍相識？而自己也許真的長得跟父親特別相像？

想到這裡，項思龍的心禁不住激動起來，情不自禁的失聲道：「你也認識我父親項少龍？」

這下輪到呂公駭異了，只見他目中厲芒暴長，顫聲道：「你真是項少龍的兒子？那麼你爹還活著？他沒有給秦王政殺死滅口？難道又重出江湖了？」

項思龍此時已從他的語氣中肯定了呂公認識自己的父親項少龍，但從他剛才的話語中也不知道父親的下落，心中頓時冷了下來，茫然道：「這些我也不知道，我一直也都在尋找我爹的下落呢。」

呂公聽了臉上驚詫不已，但一想起項少龍的風流，旋又不以為然，想著他或許是項少龍的私生子呢。倏又想起項少龍當年跟自己的恩恩怨怨，眼中目光複雜的射向項思龍，似怨似愛也似恨。

宴會因項思龍和呂公剛才那不為人知的微妙關係而氣氛生硬得很。呂公心情這刻很是不好，毫無言笑，只是一杯一杯的喝著悶酒，目光總是陰晴不定的看著項思龍。

項思龍也是面目淒然，想著自己這半年多來在這古秦為了尋找父親項少龍所經歷的坎坎坷坷、酸甜苦辣，不禁神傷魂斷。

劉邦、樊噲幾人見項思龍心情不好，也都沉默下來，不敢大聲言笑。

不少人見著今天可能沒有希望見著呂家二位小姐了，頓時心中冷了下來，都淡淡然的告辭而去。

過了半個多時辰，廳內只剩下疏疏落落的十幾個人了。

樊噲可真是按捺不住了性子，低聲對項思龍道：「項大哥，我們也準備走吧，這裡的人可都快走光了。」

項思龍似乎沒有聽到他的話，一心沉浸在沉思的悲哀中。

呂公這時似是想清楚了心中的鬱結，猛的站起身來哈哈大笑道：「今天的宴會真是痛快！今天的酒喝得更是痛快！但是最痛快的還是遇到了故人之子。來，思龍，我們來喝一杯！」

項思龍被他這陣粗喝回神過來，見著此狀，也不禁心神一振，豪然道：

「好，今朝有酒今朝醉，明日愁來明日還。我們今天就來個一醉方休。」

呂公聽得雙目一亮，欣然道：「好一句『今朝有酒今朝醉，明日愁來明日還』，正敘我胸中之意。果然不愧為項少龍的兒子，信口拈來皆成詩，來，來，我們喝酒！」

項思龍這時也是意興大發，索性暫且拋開一切煩惱，與呂公諸人暢飲起來。

悠悠醒來，項思龍只覺頭腦昏昏沉沉的，臉部卻十分的灼痛。

慢慢的聚集了思想，才記起昨天與呂公喝酒的事來。

努力的想睜開眼睛，想看看這裡是什麼地方，但是眼瞼的疼痛使他有點力不從心。

這是怎麼了？昨天自己喝酒竟醉成了這麼個樣子？項思龍苦笑了一下，但臉上的灼痛讓他感覺笑起來十分吃力。

項思龍不禁暗暗吃驚起來，正想伸手去摸一下自己的臉部，看看到底是怎麼回事，忽地一個女人輕輕啜泣的聲音愈傳愈近，似是有人向他走來。

項思龍甚覺奇怪，聲音嘶啞的問道：「姑娘是誰？」

對方似被他突然的話音震住，止住了泣聲，音帶哽咽而喜悅的道：「項大哥！你醒了？」見他伸手要去觸摸臉頰，又驚恐的道：「不要！」

項思龍被她這聲驚叫嚇了一跳，收回手來，疑惑的道：「姑娘怎麼了？不要什麼？」

那女的似被他這話觸動了心事，又哭泣起來，走到床沿坐下，喃喃道：「項大哥，我對不起你！」

項思龍被她這話一時說得丈二金剛摸不著頭腦，暗想自己似乎連認都不認識她，她又為什麼說出對不起自己這樣的話呢？心下百思不得其解，問道：「姑娘，到底發生了什麼事啊？是與我有關的嗎？」頓了一頓又道：「唉，我的眼睛怎麼睜不開來呢？」

當他說到這裡時，那女的禁不住放聲大哭起來，心痛的道：「誰叫你是項少龍的兒子呢？我爹他……他這一輩子最痛恨的就是項少龍了。」

項思龍心裡猛的一驚，聽這女的如此說來，那她定是呂公的女兒，而自己……這難道與自己臉上的灼痛和眼睛睜不開有關？

想到這裡，項思龍只覺心往下沉，忙伸手往臉上摸去。

啊？天啊！怎麼會這麼燙？怎麼上面似乎凹凹凸凸的？難道……難道自己的容貌被毀掉了？那麼眼睛……

項思龍只覺自己整個身心都掉進了一個深不見底的深淵裡，冰冷和恐懼的感覺直襲心頭，顫抖的道：「我的臉？我的眼睛？這是怎麼回事？」愈想愈是恐慌，突地聲嘶力竭的喝道：「是你爹呂公幹的嗎？他為什麼不殺了我？還有你假惺惺的到這裡來幹什麼？同情我？可憐我嗎？你滾啊！」項思龍只覺自己的整個精神都因這突如其來的打擊而崩潰了。

自從他來到這古秦，被迫在深山裡逃亡過，在陳平的地牢裡監禁過，在戰爭上與秦兵廝殺過，他都沒有倒下。但是這刻項思龍只覺感到了一種脆弱的仇恨，他陷入了渾渾噩噩的沉迷中，臉上帶著兩行英雄氣概的熱淚暈了過去。身邊只有一個哭得死去活來的柔弱少女。

這些天來，項思龍整天都是渾噩昏沉的，腦子裡只覺一片空白木然，他什麼也沒有去想，父親、劉邦、曾盈、張碧瑩等的身影也都悄然逝去。

他的心冰冰涼涼的，只隱隱約約記得有個女人對他悉心照顧，敷治他臉上的傷勢，每天為他換藥一次，給他的眼睛塗上藥物，綁上紗布，餵他喝牛奶，且不時低聲哭泣的安慰他。

臉上的傷勢是好了許多，再也沒有一點疼痛的感覺，但自己到底變得怎麼樣了呢？

他不知道，他的眼睛還是一片黑暗。

這天，項思龍臉色蒼白的躺在床上，那終日服侍他的呂公的二女兒呂姿輕聲而激動的對他說道：「項大哥，今天我要為你取掉你眼睛上的紗布，也不知道你的眼睛是否好得起來呢？」

項思龍聞言渾身震動了一下，聲音嘶啞而急切的道：「什麼？我的眼睛能好過來？呂姑娘，這是真的？」

呂姿似從沒見過項思龍精神如此振奮過，憔悴的臉上露出一絲光彩迷人的笑意，沉吟片晌後道：「我也不知道。不過這藥是我娘從我爹那裡拿來的，她說可以治好你的眼睛。」

項思龍只覺整個身心都在升騰，死去的心境又見著了一絲希望的光亮，忐忑且緊張的道：「那就請呂姑娘把我眼睛上的紗布趕快取掉好了。」

呂姿見他如此急迫，禁不住「撲哧」一下笑出聲來，但旋即又感到自己此舉在此時似是失態，臉色羞紅的看了項思龍一眼，見他沒有在意，鬆了口氣後沉重的道：「項大哥，那我就解了，你可得做好心理準備。」

項思龍「啊」了一聲，儘量的放鬆自己緊張的心神，就連呂姿身上散發的陣陣少女體香也被這刻的激動沖淡了。

兩人的呼吸都急促起來。

項思龍眼睛上的紗布終於解下了，他強抑住內心的衝動，慢慢的慢慢的睜開了眼睛。

只覺一陣刺眼的光亮逼來，項思龍瞇起了雙眼，心中的興奮真不知用什麼言語來描述，他猛的一把抱住跟他相距咫尺的朦朧身影，口中忍不住大叫道：「呂姑娘，我可以看得見了！」

呂姿倒在項思龍寬廣的胸懷裡，心中有著一種說不出的感覺，只覺自己這些天來所有的辛苦在這一刻裡都得到了回報，美豔的臉上不禁流下兩行興奮與酸楚的眼淚。

項思龍從極度的喜悅中慢慢的平靜了下來，驀地想起自己懷中的少女是呂公的女兒，心中頓覺一陣淡然，輕輕的把她推開，睜開眼睛時不禁亦瞟了呂姿一眼，倏覺腦際轟然一震，泛起驚豔的震撼感覺。

只見一位身穿白色青花長褂，膚色潔白若凝脂，身段纖細且曼妙，嫵媚多姿，明豔照人，有若仙女下凡的美女，正臉色慘白，又黑又深的眸子怔怔的望著自己。

項思龍有著一種似曾相識的感覺，驀地想起在王媼酒店裡被夏侯嬰調笑的那個少年。

難道呂姿就是「他」？項思龍心中泛起一種異樣的情緒，看著眼前這個滿面淒然、楚楚憐人的絕色美女，感覺不知說什麼好。

呂公是暗算了自己，毀了自己的容貌和眼睛，若不是呂姿的醫治，讓自己重見了光明，那麼自己會連生存下去的勇氣和信心都沒有了，這種手段不謂不毒辣。但他這樣做，說起來也只是想在自己身上發洩父親項少龍留給他的深深仇恨而已。他並沒有殺了自己，也證明了他對往昔那段怨仇存在著某些矛盾的心態。

呂公當年與父親到底是什麼關係？有著什麼怨仇呢？項思龍想不明白。

唉，不管怎樣，現在一切惡夢都已經過去，自己已經替父親償還了這段怨仇，對其他的事情，又何必耿耿於懷呢？

項思龍長長的歎了一口氣，在這恩怨交雜的絕色少女面前，找到了些平靜自己心理的緣由。

當項少龍準備離開呂府的時候，呂姿手牽著一個四十左右的少婦來到了項思龍的廂房。

項思龍冷冷的看了那少婦一眼，心想這位可能是呂姿的母親了。

卻見她生得雍容秀麗，秀髮梳成墜，高高聳起，身上穿著繡花的羅裙，足登絲織的花繡鞋，耳戴明珠，光華奪目，豔光照人。

婦人覺出項思龍態度的冷淡，臉上神色一暗，目光複雜的看著項思龍，幽幽的道：「項少俠要走了嗎？有沒有空坐下來陪我聊一會呢？」

項思龍看著呂姿那淒慘的神色，心下一軟，但仍是淡淡的道：「夫人有什麼話，就請快說吧。」

婦人傷感的一笑道：「項少俠的這種神態真像你父親當年，外剛內熱。」頓了一頓，像陷入回憶道：「其實說起來，你父親當年與我們一家人有恩，他冒著背秦政的欺君之罪放了我們，但是他殺死了我爹呂不韋，這讓我和夫君都對他有著恨意。」

原來這呂公夫婦就是當年被項少龍放過的管中邪和呂容娘，自從秦相呂不韋一黨被秦王政消滅後，他們就逃到楚國，隱名埋姓，過著百姓的平常生活，後來秦王政又滅了楚國，統一了中原，他們被迫四處流離失所，只是最近幾年生活才安隱了下來，但還是躲躲藏藏的，怕外人知道了他們的身分。

當陳勝、吳廣的大澤鄉起義暴發以後，管中邪沉默了多年心又燥動起來，於是他來到沛縣，用武功和毒藥制服了這裡的縣令溫雄，並想通過設宴選婿方式收羅沛縣的各路江湖俠客和奇人異士，誰知碰上了當年恩仇相交的項少龍的兒子項思龍，打亂了他的心思，於是就有了項思龍被毀容這一幕。

當呂容娘從呂姿口中知道這個消息後，跟管中邪大吵大鬧，讓他也失去了分寸，心下想來，自己這樣做或許是恩將仇報，於是給了呂容娘解藥，讓她去治項思龍的眼睛。

項思龍聽完她這一段述說後，心下只覺一片惻然，默然無語。

呂容娘歎了一口氣道：「恩怨相報何時了？思龍，請你不要把仇恨帶到呂姿身上去，我和中邪已經做錯了，你要報仇就找我們好了，她是無辜的。」說完無限憐愛的看了身邊雙目紅腫的女兒一眼。

項思龍早就把這段怨仇想開了，但看到呂姿那幽怨的目光，還是讓他心痛得很。他看得出這少女對自己的無限情意，想起她服侍自己無微不至的溫柔，項思龍痛苦得心裡像銀針一樣刺進自己的身上。自己已經有了曾盈和張碧瑩兩個妻子了，還有一個侍妾玉貞，怎麼還可以接受她呢？

項思龍雖然聽出了呂容娘的話外之聲，但仍是苦笑的搖了搖頭道：「這個夫人放心，我項思龍不是那種睚眥必報的人。」

呂容娘美豔的臉上露出了一絲笑容，神色淒然的柔聲道：「項少俠，我有一事相托，不知你是否可以答應我？」

項思龍微怔道：「夫人有什麼事請說吧，只要我能辦到，一定答應。」

呂容娘沉默一陣，徐徐道：「若我將來有什麼不測，請項少俠代照顧姿兒。」

項思龍想不到她竟是要將呂姿的終身托負給自己，頗感為難，又見到呂姿正含情脈脈的神色迫切的望著自己，不覺心神一蕩，但倏又驚覺到呂容娘話中似有著無盡的淒涼，色變道：「夫人何故說出什麼『不測』之話來？」

呂容娘沒有回答他，只是催聲道：「項少俠可否答應？」

項思龍只覺心中有一種不祥之感，再次望了呂姿一眼，見著她那楚楚動人的目光，猛一點頭道：「夫人放心，我一定會好好照顧姿妹！」

呂容娘似鬆了口氣，臉上再次露出迷人笑容，低聲道：「那我就放心了。」

項思龍聽得這話，只覺心中的愁雲更濃了。

項思龍又在這呂府中住了下來，呂姿每天都來陪他，開心得如出籠的鳥兒，整天歡聲雀躍的，消去了項思龍的不少煩悶。

他現在的容貌跟以前判若兩人，臉上肌膚變得粗黑且有不少疤痕，鼻樑也坍塌了些許，年紀看上去也差不多大了十歲左右，使人再也很難想像到他以前是個英俊瀟灑的漢子，只有他那高大魁梧的身材和那雙堅毅冷靜的眼睛，仍能讓人感受到他身上散發的凜然正氣來。

項思龍第一次從銅鏡中見到自己這怪模樣時，嚇了一跳，悲憤得歇斯底裡的大喝大叫，還好有呂姿這個溫柔體貼的美女在他身邊悉心的安慰，才讓他漸漸的從激動中平靜下來。

想著現實既然已成此般，自己還是得堅強的接受，項思龍的心都快忍出苦水了。還有很多的事情等著要自己去做呢，尋找父親的下落，幫助兄弟劉邦成就他的大業，這些都需要自己有著堅強的意志和無比的信心去迎接這未來的挑戰，自己一定得振作。

但是想著曾盈和張碧瑩，她們見到自己這付模樣，會有什麼反應呢？項思龍的心情又沉重了起來。

在女人面前他忽的覺著了一種強烈的自卑感，尤其是漂亮的女人。

就是連這一點也沒有因此而看不起他，終日在他身邊的呂姿也不例外。他在她面前終日是沉默無語。

呂姿雖是覺著了項思龍心中的不平衡，但她在項思龍面前整天還是開開心心的，她想用自己的情緒來感化項思龍。

項思龍面對這美女溫柔如水的情意，總是抑制住自己心神的波動，他覺得自己配不上她。

呂姿幽怨的道：「項大哥，你何必苦苦折磨自己呢？難道我的心思你還不明白嗎？我已經下了決心，生是項家人，死是項家鬼！」說完臉上泛起一片紅霞。

項思龍聽得心神一震，看著這美人兒，只覺心中百感交集，禁不住顫顫的抱住這美麗的少女，痛吻她臉頰上的淚珠，喃喃道：「姿兒，你為我這樣值得嗎？我已經不是以前的項思龍了，我……」他的話還沒說完，呂姿就湊上了她灼熱的香唇，她只覺得自己的感情已經壓制不住了，如火山般的爆發出來，主動的與項思龍親熱，恨不得立即能與他共渡愛河。

項思龍感受著她火熱的激情，也不禁慾火頓生，難以自制，懷裡這充滿青春火熱的生命和柔嫩的肉體，已將他所有的愁思憂慮立時給拋到了九霄雲外。他溫柔的吻著她修美的粉頸和晶瑩得如珠似玉的小耳朵，吸著她渾圓柔嫩的耳珠。

呂姿完全融化在彼此的熱情裡，所有相思的苦楚，都在這刻取回了最甜蜜迷人的代價。

此時兩人都融入渾然忘憂，神魂顛倒，無比熱烈的纏綿中。

項思龍霸道放肆起來，一雙大手在呂姿身上無處不到的揉搓著。

呂姿俏臉上霞，星眸緊閉，呼吸急促起來，且不時夾雜著讓人魂搖魄蕩的嬌吟，顯是春情聲東擊西勃發，不可遏止。

項思龍再也忍受不住，擁著呂姿倒到榻上，拉開了她的外袍，在高燃的紅燭映照中，她急劇顫抖著的羊脂白玉般毫無瑕疵的美麗胴體，終於徹底展露在項思龍的眼底。

醉人的處女幽香撲鼻，項思龍俯頭深埋在她醉人的胸脯裡，輕輕的嗓吸著，呂姿羞不可抑的側起俏臉，含情脈脈的帶笑朝著他偷瞧著。

項思龍並不急於侵佔她，欣賞和品味著這迷人的肉體。呂姿雙眸緊閉，頰生桃紅，豔光四射，加上她扭曲轉動的軀體，讓人感覺可愛動人至極。終於，芙蓉帳暖內，妖吟粗喘奏起了一曲令人心迷意亂的春色迷醉曲。

呂姿被誘發了處子的熱情，不知天高地厚地逢迎和癡纏著項思龍。至此兩人水乳交融，再無半分隔膜。

雲散雨收後，呂姿仍然手足把他纏個結實，秀目微張，滿臉甜美清純。項思龍只覺心中又多了一份沉重的責任感。

屋裡的氣氛是凝重而悲哀的。

呂姿已哭成了個淚人，在她身邊還有個絕色美人陪著流淚，不過項思龍此時已沒有了獵色的心情。

管中邪雙目赤紅，整個人顯得萎靡之極，動也不動的看著躺在地上的呂容娘，卻見她滿身是血，胸口插著一把匕首，直沒手柄。

呂容娘自殺了！項思龍只覺心中一陣惻然，這他應是有所預感的，可是他沒有來得及阻止。

管中邪在這一刻裡只感覺這是一種報應，他暗算項思龍的報應。

想起自己與項少龍的恩恩怨怨，他一下子也是說不清楚的。呂容娘也曾愛過項少龍，自己屢次敗在項少龍手上，岳父呂不韋被項少龍逼死，自己的一切前程都毀在項少龍的手上，對項少龍的恨他自然是深切而咬牙切齒。可是項少龍最後關頭卻放了他，冒著欺君之罪放了他，雖然他知道項少龍這樣作大半都是看在呂容娘的情份上，但是這一份赤誠的恩情卻讓他永銘在心，在他管中邪的一生裡，項少龍是他最佩服的人。

項思龍在這一刻裡自然是不知道說些什麼好，他只有沉默著，也感受著這沉重的哀傷。

呂容娘到底是善良的，項少龍逼死了她的父親呂不韋，她雖然恨他，但是當她看到項思龍被夫君折磨時，又毅然的去救了他。這些都是呂容娘對項思龍愛恨相交，但卻愛多於恨的表現。而又當她看到女兒呂姿愛上項思龍而痛苦不堪時，她不惜用死來換取項思龍同情的博愛，為女兒謀取幸福。

項思龍想到這裡，只覺著自己的淚也不由自主的流了下來。

管中邪目光陰深的盯著項思龍，看到他哀傷的樣子，臉色平和了些。

唉，自己在項少龍面前一敗塗地，想不到二十年後又在項少龍的兒子項思龍面前也是慘敗。

管中邪一下子覺得自己蒼老了好多，看著項思龍那被自己用毒藥毀去的顏容，心裡覺著一陣愧然，他嫉妒項少龍當年那張迷死眾婦的俊臉，他不忍心殺項思龍，因為項少龍對他有恩，但當他看到女兒呂姿喜歡上項思龍時，他的報復心理陡地增強，他要毀了項思龍這張俏臉，斷去女兒的心思。但是他失敗了，他不但沒能阻止女兒和項思龍的相愛，反而失去了他深愛的妻子。

項思龍看出了管中邪內心的蒼白與痛苦，想著這個讓自己痛恨的老者今後卻還是自己的岳丈，於是走上前去淒然的道：「伯父，節哀順便吧！」

管中邪似是沒有聽清項思龍的話，只是怔怔的看著他，沒有反應。

項思龍悲切的望了管中邪一眼，歎了一口氣道：「伯父，死者已矣，我們活著的人還須堅強活著，我想伯母泉下有知，也不想看到我們因悲傷而沉沒吧。」

管中邪渾身微震，雙目倏地射出了一絲光亮，走上前去，緊緊的抓住項思龍的手臂，嘴角抖動了兩下，露出一絲難得的笑意，啞聲道：「思龍，謝謝你！」

項思龍想不到這昔年也曾縱橫疆場的人物，竟向自己說出這等話來，一時蒼白的臉上泛起了些微紅。

葬禮在三天後舉行。縣令溫雄和吏員蕭何、曹參等都親來參加葬禮。劉邦、樊噲、周勃、夏侯嬰也來了，見著項思龍，心裡又悲又喜。

自從那天五人去呂府赴宴，項思龍喝得大醉，被「呂公」留宿，他們就再也沒有見著項思龍。

後來傳言項思龍與「呂公」有著世仇，「呂公」用毒藥毀去了項思龍的面容和眼睛，四人大急，趕呂府要人，沒想到被「呂公」拒絕，且與四人打了一場，怎奈四人合力也敵不過對方，只好心下暗自擔心著急。

今天見著項思龍容貌雖毀，但人卻安然無恙，不由得都大鬆了一口氣。

項思龍此時心中的悲痛，已經讓他沒有心思去想及別人。他整個人臉色蒼白憔悴，眼珠都陷了下去，扶著悲痛欲絕的呂姿，默默無語。

# 第十三章　峽谷奇緣

天色陰濛濛的，起著寒風。

沛縣城西的豐西峰上籠罩著一片濃濃的哀意。呂容娘的墳墓就立在這沛縣第一高的豐西峰頂上。

墳前黑壓壓的一群人在肅靜的默哀著。

項思龍心中除了湧動著深沉的悲哀外，就是一片惆悵和落寞。

自從他來到這古秦短短的半年時間裡，他雖也受到過頗多讓他慘痛無比的傷心事，但是在這一刻裡，呂容娘的死，卻是更讓他痛苦得難以接受。

她是間接死在自己手上的！項思龍只覺心如利劍在穿。

生命是什麼東西？

現實為什麼這麼的殘酷無情？

呂容娘本是可以不死的，現在她這樣的匆匆離世而去，得到的又是一種怎樣的解脫呢？留給活著的親人朋友又是一份怎樣深切的痛苦呢？

椎心的痛楚和悔疚，噬蝕著項思龍的心靈。

劉邦站在項思龍身側，看著他極度悲切的神色，心裡有一種異樣的難受。

對於呂容娘的死，劉邦是不會感到悲傷的，反只會有點幸災樂禍。

項思龍被「呂公」害成這樣，劉邦只是非常的擔心，擔心項思龍是否能承受這毀容的沉重打擊。

因為項思龍已成了他振作的動力，成了他心神不寧時的依靠。

劉邦覺得自己絕對不能失去項思龍的幫助，否則他所有的信心都會垮掉。

所以他痛恨「呂公」，呂容娘的死，反只會讓他這痛恨得到了些許平衡。

伸手擁過項思龍的肩頭，劉邦沉聲道：「項大哥，不要太過悲痛了，會傷了身體的。」

項思龍勉力振作起精神，使聲音保持平靜，緩緩道：「黯然魂消者，惟而已矣！生有生離，死有死別，為何人生總有這麼多不如人意的事情呢？」

蕭何在旁邊聽到這話，不禁轉頭望了項思龍一眼，目中顯出異色，慰然道：

「項少俠，何必情緒這麼低落去想那麼多呢？這些生死離別對於我們這些活著的人來說，總是避免不了的，我想在於我們的生命歷程中也是次要的。一個人活在世上，必須使得自己的生命有著輝煌的歷史，那才算是活得有意義了。」

項思龍精神微震了一下，這幾天來的悲痛著實是消蝕了他許多的意志，這刻被蕭何這幾句話說得心神一斂，點點頭繼而苦笑。

唉，自己確實是不能消沉下去，還有很多的事情等待自己去做呢！

想到這裡，項思龍的情緒又平復了些。

管中邪這時走到了項思龍身邊，抬頭看了看愈來愈暗的天色，憂慮道：「思龍，我看這天要變了，你們不如先回去吧，我在這裡靜靜。」

項思龍看著滿面哀痛蒼老了許多的管中邪，搖了搖頭道：「伯父，還是你先回去吧，這幾天你也夠累了，再說家中也有許多的後事等著你去料理呢。還有呂姿和呂雉兩人，現在這個樣子也需要人照顧。」

頓了一頓，看著被大風捲起的漫天塵土和枯葉，又臉色凝重的道：「我看這天晚上可能要下大暴雨，伯母的新墳或許禁不住雨水的沖刷，所以我想留在這裡，給伯母墳上搭座雨篷。」

管中邪想不到項思龍如此情深義重，想得如此周到，激動得雙目赤紅的道：

「思龍，真不知用什麼言語來謝你。不過，還是你回去吧，呂姿需要你！」

項思龍被管中邪這兩句話說得心潮湧動，知道他終於對自己沒有什麼隔閡，把自己看成一家人了，當下執然道：「不，岳父，這些還是讓我來做吧。」

管中邪聽到這，終於不禁流下兩行老淚，坦誠的道：「思龍，那我們等著你回來，一家人團圓！」

項思龍只覺心中一種異樣的情緒在浮動，點了點頭，心想：「人性終究是善良的。」

人影漸漸的從視線裡消失了，豐西峰上又回歸了平靜。

只有風一陣狂比一陣，在耳旁呼嘯著，這是十一月的寒風，倒也讓人覺得有不少的涼意。

山頂的烏雲越來越密，越來越低，隱隱給人一種壓迫的感覺。

項思龍屹立於冷風中，站在呂容娘的墳前，看著眼前的劉邦、樊噲、周勃、夏侯嬰等人，心中只覺熱乎乎的。

這就是朋友，患難中見真情。

這就是今後歷史上的風雲人物，指點萬里河山。

項思龍只覺心頭一陣豪氣直往上湧，忽而朗聲道：「四位兄弟，天快下雨了，咱們先伐木去吧！」

五人分作了兩批，劉邦和項思龍一起。

豐西峰上到處都是岩石聳立，且有兩面都是萬丈懸崖，真教人不敢俯視。峰頂的樹木甚少，偶而有之也是長在那些岩石陡壁間，若要砍伐，可也真得冒點危險。

還好，五人皆都習過武功，藝高人膽大，也都沒有覺得什麼害怕的。

項思龍和劉邦來到了峰頂西側崖的一個石坡上，坡頂有一棵約合兩三米高，徑圍一尺半左右的松樹，正在狂風中猛烈的搖晃著。

石坡很陡，上面岩石突兀不平，加上起著大風，讓人很難平衡住身體。

項思龍看了劉邦一眼，道了聲：「小心點。」

接著緩緩拔出尋龍劍，擺好架式，猛的往樹根部砍去。

卻見一陣寒芒閃過，接著就是「咔嚓」一聲巨響，劉邦忙衝上前去，一把抱過樹幹。

項思龍倏見劉邦身軀由於受到樹的壓力過急，再加上風壓，身形搖搖欲倒。忙一個箭步衝前，左手一把拉住他的衣角，右手則急中生智的把尋龍劍刺入岩石，穩住身形。

劉邦此時業已一腳踏空，看到身後便是萬丈高崖，不禁驚出一身冷汗，暗叫「好險」，雙目朝項思龍投過敬服感激之色。

但二人危機境況並未解除，樹和風的沉重壓力，還是使他們均感站立不穩。

項思龍心中不由大是焦急。

現在該怎麼辦呢？兩個人的身體皆都不能亂動，否則便有跌下山崖之險。

無論如何，自己得先救劉邦，再想脫險之策。他可是將來的一國之君，無論如何是不能讓他死去的，否則自己就會改變了中國今後的歷史。更何況他還是自己同父異母的親弟弟呢。

項思龍心下想來，抓住劉邦的左手猛地用力往自己身側一拉，鬆開握劍的手，快速的把劉邦推至安全地段，坐馬沉腰，一腳勾住尋龍劍，穩住自己傾斜的身體。

但急速倒下的松樹枝椏還是掛住了項思龍的衣角，使得他的身形大幅度的向崖邊傾去。

這一下只嚇得劉邦驚叫起來，項思龍亦是駭得魂飛魄散，腿上終於吃痛不住滑出尋龍劍，於是身軀在松樹的拉力和狂風的壓力下猛的往身前懸岩落去。

項思龍腦海裡頓時一片空白。

完了，完了，自己這下死定了！

父親——曾盈——碧瑩……

冬陽軟弱無力的光線溫和的灑在項思龍的臉上。

項思龍此時身體動也沒動，臉色蒼白如死人般，亦也讓人不知道他是否還在呼吸。

過了二三個時辰，眼角終於跳動了幾下，項思龍意識在一片黑暗感覺之中慢慢的運集了起來。

渾身的酸痛讓他禁不住輕輕的呻吟了一聲。

啊！難道我沒有被摔死？項思龍心中一陣震顫的狂喜，腦海裡逐漸晃動起自己跌下山崖時的情景來。

當時樹枝掛住了他的衣服，把他一起絆下了山崖，他心裡異常的恐懼，一隻手緊緊的抓住枝椏，另一隻手拔出了岩石中的尋龍劍，在下跌過程中，盡力的用尋龍劍劃向崖壁，想在石壁中找個支點，穩住自己下跌的身形，但是由於下落的速度太快，他的願望沒有實現。隨後就所有的僥倖希望的信心都消失了，意識也逐漸模糊……

項思龍想起當時的情景，心中又不由得「怦怦」的跳著，疑惑緊張的睜開了眼睛。

但見一束光線直射臉面。

啊！我果真沒有死！項思龍心下激動的喜出望外，瞬間又不禁摻入些怪怪的酸味來。

父親、盈盈、碧瑩、邦弟，是你們在為我祈禱著嗎？是你們在佑護著我嗎？我還活著！我還有機會再見到你們！

我還可以去做許多我想做而還未做完的事情！

項思龍心潮洶湧，只覺心中酸甜苦辣澀五味俱全。

這劫後餘生，使他對生命更增起了無限的珍惜。

漸漸的從歡喜中平靜下來，項思龍才覺著自己已受了重傷。

腿上被鋒利的尋龍劍劃得皮破肉綻，直深入骨頭，褲腳被染得一片血紅。

渾身被雨水濕透，可能昨夜淋了一夜的雨，現在覺著陣寒陣熱，頭重如鉛。喉嚨則像火般的乾燥，全身骨頭亦像要立即散開似的。

怎麼？自己病了？但怎麼可以在這要命的時刻病倒呢？項思龍心急如焚，但思緒裡卻是一片混亂。

但是無論他怎樣的強作精神，頭腦還是愈來愈昏沉，意識又逐漸的模糊了。再次醒來時，項思龍覺得渾身舒適了好多，傷口亦也似被人包紮過。怎麼?這絕谷之地中，還有人居住在這裡?

項思龍心念一震，睜開雙目打量起自己所處的境地來。

這是一個碩大的天然石洞，太陽光線從洞中斜射進來，讓人知道還是白天。洞頂高約有五六米，洞深度可能有二十幾米，洞裡面擺了些粗糙的石桌、石磴之類的東西。在洞裡的右角落裡堆了許多自己不知名的山果。

自己正躺身在一張石床上，腿上的傷口給人馬馬虎虎的包紮過，但不知敷上了什麼藥，疼痛卻減輕了許多。在石洞的中央處有一堆燃過的灰燼。

看來自己確是又被人救了。項思龍心下暗鬆了一口氣，心中又是驚喜又是憂慮。天無絕人之路，自己又是險險獲生一次。

但今後怎樣走出這絕谷呢?這裡的主人知道出谷之路嗎?若是知道，那他為什麼又不出去呢?

項思龍滿腹疑雲的從石床上爬了起來，雖仍覺渾身酸痛，但卻是好了不少，一顛一搖的慢步走出洞外。

卻見旭日初升不久，血紅的陽光灑在這谷中的奇花異草岩石上，把這谷中所有的空間染得一片澄黃帶紅。

耳際隱隱傳來瀑布飛瀉的「轟隆轟隆」之聲，其中夾雜著蟬鳴鳥唱。四周一片寧靜和諧。

不遠處有個大湖，當微風吹過湖面時，水紋蕩漾，岸邊樹木的倒影映在水中，頓時變幻出五彩繽紛和扭曲了的圖案。

這一切人間勝景，只看得項思龍不覺心曠神怡，渾忘了還身處險境之危。

唉，現在是十一月底的寒冬了，這谷中怎麼卻依然樹綠花開，溫暖如春的呢？

項思龍心中只覺怪異異常，但由於這至勝美景的薰染，心情豁然開了好多。

緩緩的往湖邊行去，蹬下身來，伸手往湖水一探，覺得這水倒挺熱的，跟現代的溫泉差不多。

看著湖水中映出的自己蓬頭垢面的憔悴怪樣，不禁啞然失笑，心中同時一陣黯然。

索性脫光了衣服，項思龍躍入湖水中歡快的暢遊起來，卻感這湖水似是有著很大的浮力，他不游動，身體亦能浮在水面上。

心中不覺大是奇異。

難道這湖水也像死海一樣含有大量的鹽分嗎？但怎麼傷口似是不覺潰痛，反覺舒適得很呢？難道這裡面是含有豐富的礦物質？

不知這湖水可不可以飲用？若是在現代，定可以拿去化驗一下成份，若是可以製作礦泉水，倒可以開他個大型的礦泉水公司，發他一筆財。

想到這裡，自己都覺好笑。

暢游了好一會兒，項思龍才被肚中的「咕咕」叫聲驚覺，自己已經有一天多未吃食物了，想起洞中有山果，忙從湖水中爬起，匆匆穿過衣服，往石洞裡走去。

這次卻走得快了很多，想來定是這湖水對傷口還有著治癒的作用，那自己以後可得多去洗幾次澡。

邊走邊想著，不多時已來到洞中，主人還是沒有回來，項思龍自行到洞角裡挑了幾個鮮紅的山果，狼吞虎嚥的猛嚼起來，只覺味道鮮美無比，潤嫩甜美可口。

一口氣吃了四個山果，項思龍覺得體力恢復了許多。坐在洞中等待主人回來，卻又久久不見歸來，閒得無聊，驀記起師父李牧傳給自己的《玄陰心經》，倒是好久沒有練了，何不現在試試一下呢？

心下想來，便也坐至石床，盤膝默默按心經心法運起功來。

這一坐也不知過了幾個時辰，項思龍才悠悠的睜開了眼睛。

此時已是天近黃昏，洞內光線暗淡了許多。

項思龍只覺此時精力似是充沛了好多，腹內亦有一股熱氣在流動，知道這就是《玄陰心經》的妙用了。

哈，想不到自己真也會習得現代武俠小說中所寫的什麼內功，只不知如勤加練習下去，是否也可像小說中所寫的衝破什麼生死玄關，任督二脈之類的，使內力達到生生不息呢？

想到這裡，項思龍只覺頓時精神興奮異常，在洞內手舞足蹈的練習起在特種部隊裡學的些散打功夫來，渾然忘卻了其他。

「吱吱吱吱」一陣什麼動物的怪叫聲把項思龍驚覺過來，定眼望去，只見兩隻通體雪白無一根雜毛的白猿正看著他咧嘴怪笑著。

項思龍不禁既覺好笑可氣，又覺得驚奇詫異。

這兩隻白猿是哪裡來的呢？是這裡的主人養的嗎？亦或牠們就是這洞裡主人，是牠們救了自己？若真是這樣，這兩隻白猿又怎麼曉得營救自己，為什麼要救自己呢？

項思龍一時百思不得其解，只怔怔的看著這兩隻讓人覺得可愛的白猿。

白猿看到項思龍發愣，又是一陣怪叫。那隻體格壯點的連跳帶躍的來到項思龍身邊，拉扯著他的衣服，伸出白茸茸的毛掌，指了指石磴，示意項思龍坐下，而另一隻則蹦跳著在洞角處挑了幾個大鮮的山果給他，手掌比劃著吃狀。

項思龍心下納悶，莫不是牠們通曉人性？不由得脫口道：「你是叫我吃山果嗎？」

那白猿似是因項思龍明白了牠的意思，連連點頭，同時又咧開大嘴歡叫起來。

項思龍這下證實了自己的想法，心中更是驚異起來。

自己這是不是在作夢？真有點神話色彩。

但看到白猿對自己很是親切，心情放鬆了許多，又問道：「你們是這石洞的主人嗎？是你們救了我嗎？」

兩白猿都點了點頭，但繼而又搖晃起來，似是說他說得對又不全對。但旋即又瞪起烏黑明亮的眼睛，看著項思龍手中的山果，生氣起來，似是說他只知問話，而不知吃了。

那模樣兒滑稽可愛之極。

項思龍心中不禁有點失望，自己沒有人指引，不知能不能走出這絕谷？但見這谷中四面皆是懸岩陡壁，若想出谷定得大費周折，說不定會就此老死山中。

心中雖是焦急，但看著二猿模樣，明白牠們生氣的緣由後，不覺失聲笑出，亦也心中一熱，忙拿起手中山果大口大口的咬嚼起來，雖肚中已飽，但卻不忍拂了二猿一片好意。

兩猿見了，又是一陣歡叫。

在這山明水秀的峽谷裡，雖然與世隔絕，但有這兩隻可愛伶俐的白猿相伴，倒也減去了項思龍不少的孤清寂寞之感。

與兩猿已經廝處得很是親熱了，這裡的地形也漸漸熟悉起來，通過一番考察推敲，明白了這峽谷溫暖如春的緣由，原來這谷地底下有地熱，再加上四面均是高崖，也擋住了周圍的寒流冷風入侵。

日子雖是平靜，但是在項思龍的心中卻還是偶爾會泛起許多的思念來。想起離別的親人朋友，又不覺是黯然傷神。

唉，要是他們也能到這美景如畫的絕谷之地與自己相伴，那該有多好啊！與世無爭，免去了世俗的勾心鬥角和戰爭的殘酷殺戮，過著無憂無慮的「桃花源」式的生活，那日子不知道會有多麼的寫意？

但想法只能歸想法，項思龍知道現實終究是離這樣的想法太遠了。

自己來到這古代的目的是尋找父親項少龍，任務是阻止父親改變這個時代歷史的企圖。

可是直到現在，他是知道父親確已來到了這古秦，並且在這時代裡幹過轟轟烈烈的事業，但對他的行蹤還是一無所知。

唉，爹！你到底在哪裡呢？孩兒找你找得好辛苦啊！你可知道母親也在迫切的盼望著我與你能早日返回現代和她團聚呢！

項思龍忽而只覺心中一陣抽搐，他想到了在這個時代裡所種下的感情。

自己如果有朝一日找到了父親，真的可以狠下心腸離開這個已經與自己血肉相連的時代嗎？

曾盈、張碧瑩、呂姿等到時怎麼處置？

項思龍愈想愈是心神緊張害怕。

父親是不是也在這個戰亂的時代裡埋下了深深的感情種子，難以取捨，所以隱居起來了呢？

自己到時候會不會像父親一樣不想再回到那喧鬧吵雜的現代？

項思龍坐在湖邊高處的一聲岩石上，無精打采、反反覆覆的想著這以前從來沒有想過的怪異問題。

「吱吱吱吱」白猿的叫聲把項思龍從沉思中驚醒過來，卻見牠們目光似是有點憂慮的看著自己。

項思龍紊亂的心不覺一熱，喚了聲：「大白，小白，過來！」兩隻白猿身形快若閃電般的躍到項思龍懷中，溫馴的歡叫不已。

項思龍忽而歎了一口氣，自言自語的道：「唉，找了這麼多天也沒發現一條可以出谷之路，難道我真的就這樣老死谷中？」

項思龍這話似是引起了那隻叫大白的公猿的沉思，只見牠眨巴著眼睛，似是在考慮什麼問題似的。忽而似做了什麼決定，拉著項思龍的手似要帶他到什麼地方去的樣子。

項思龍心下詫異，不知這大白在弄什麼玄虛，但還是跟著牠們穿過一片密林，來到了他剛跌入這峽谷時的瀑潭前。

瀑布如山洪般從高處傾泄而下，發著「轟隆」、「轟隆」的巨響。

項思龍滿懷疑團，跟著大白小白又繞著潭右側來到了瀑布近前的壁處。

卻見大白用那巨掌抹去壁上青苔，在上面仔細的找尋著什麼。

過了好一陣，當牠發現上面有圖案和碗口大小稍突起來的一處圓形石岩時，高興得連連尖叫，巨手把那岩石按順時針旋轉起來。

驀聽得「轟轟——」一陣巨響，卻見平整的岩壁顯出一扇正轉動著的石門來，門內並不黑暗，反大放光明。

項思龍看得瞠目結舌的給大白拉進了石門內。

卻見這裡面原來別有天地。

一條石板小徑直通瀑布內側，而這瀑布就像一道天然屏障，把這裡面的天地與外面完全阻隔開來。

這裡面看似完全封閉式的，然而並不覺氣悶，反感溫和舒適之極，看來定是有其他的通氣孔。

順著小徑往前走了二十幾米，視野豁然開朗起來。

卻見一個五六十方丈見方的大石坪，坪內側有一個小花園，頂上是石壁，地面離頂壁約有四五丈高，真是顯出自然的鬼斧神鑿巧奪天工來。

園內種著各種奇花異草，散發出的芳香沁人心脾，花草中央的空處有一張圓形的石桌，上面放著一個烏黑發亮的石製圍棋盤，石桌四面擺了三張石磴。

石坪對面的岩石光滑平整，中間有一扇緊閉的石門，門頂上寫著「無極洞府」四個隸體古字。在門前方二米遠處有一個突起約合三十幾公分的石墩。

項思龍心想：「看來這裡定是有人居住了，但瞧這石板上厚厚的綠苔，卻又像不知有多少年沒人來過這裡似的。」

難道這裡就是現代武俠小說中所寫的什麼前人洞府？自己莫不是因禍得福，或許會有什麼奇遇了？

項思龍心下覺著自己的這種想法甚是好笑，但也暗暗斂集精神，說不定這地方有什麼機關，自己疏忽觸動開關，那可是連小命可能都給丟了，更不要說什麼「奇遇」了。

項思龍心神緊張而又興奮的走進了花園，小白這時已把岩壁石門關好，來到了大白身邊。

二猿見著項思龍那緊張的神色，嘰嘰喳喳的對叫個不停。

大白忽而跳上前來拉著項思龍走到那石桌邊，指著桌上那圍棋石盤，雙手成圓狀的比劃著。

項思龍心念一動，想起大白開啟石門時旋轉突起的圓形岩石。

莫非這石盤也是個開啟什麼地方的開關？

想到這裡，雙手各抓住棋盤的兩端，試著按順時針方向旋轉起來。

只聽一陣「咯咯」之聲，石桌倏然下沉，半晌後從黑黝黝的陷坑裡又冉冉升起一個手臂般粗的石柱來，上面放著一面黃色的陳舊錦帛。

項思龍心下詫異不已，隨手拿過錦帛，卻見上面寫著「入我洞者，即是有緣，為我傳人；三七之期，跪坐石墩，洞門自開」一行大字，打開錦帛，裡面即是介紹這「無極洞府」主人的來歷。

原來這「無極洞府」乃是戰國時期秦國無敵戰將白起的師父「鬼谷子」的隱居之所。

當年歷史上有名的秦趙之間在長平一役，白起坑殺趙軍四十萬兵馬。鬼谷子當時處在秦都咸陽，當他得知此消息後，深感此果皆是因自己種下的，自覺也是罪孽深重，於是離開咸陽，遊歷四方，在沛縣這豐西峰發現此谷後，便一直隱居在此。

一天，被他救下一隻摔傷的臨產白猿，白猿生下兩隻小白猿後，因失血過多死去，鬼谷子便負起了撫養二小的責任，他對這二猿非常的疼愛，因牠們能聽懂人言，同時也傳給牠們武功和其他雜學。

兩小在鬼谷子學究天人的薰陶下，不但智如常人，武功更是非一般高手能敵。

鬼谷子在臨終之前託付兩小務必尋一誠實正義的人來繼承他的衣缽。

再下面接著寫的是欲拜他為師者，必須在洞府門前的石墩上跪上三七二十一天，以考驗其心性意志。若是通過，洞門自會開啟。

洞府內的一玉盒之內，裝有他窮畢生所學，親筆寫下的一本《天機秘錄》，裡面記載著易術卜數，機關玄學，兵法武功，易容藥理等內容，更重要的是裡面還給有出這絕谷的路線圖。再有就是密林那邊的湖水旁有一處密洞，鬼谷子當年來到這裡的一個偶然機會發現的，裡面有數不盡的黃金珍寶珍玩。最後寫著得他真傳者，不得助奸為惡，務必扶佐明主，滅掉秦國，至於二白也可帶出行走江湖。

項思龍看完這錦帛後，心中驚喜不已。

驚的是想不到鬼谷子竟似已推算出秦國至今不久後必滅的這個預感。

喜的則是自己不但可以獲得鬼谷子的畢生絕學，還可以走出這絕谷之地。

無論那二十一天的跪行是多麼的艱苦，自己也得咬緊牙關忍受下來！項思龍暗下決心，目中顯出無比堅毅的神色。

項思龍端跪在洞前的石墩上，默運起《玄陰心經》，讓自己進入忘我之境。石坪中的氣氛頓時沉寂下來。

二白退出谷外，在那邊石洞中搬了許多的山果進來，見項思龍跪坐不動，都靜站一旁。

四五個時辰過去了，項思龍緩緩睜開了眼睛，卻見天色已經漆黑一團，也不知是幾更天了。

二白早就點著了一盞巨型油燈，石坪在燈光的映照之下更顯一份神秘色彩。

大白見項思龍醒來，興奮得連跳帶躍的拿了二個山果給項思龍，目中顯出關切之色，卻並沒有像白天那樣的歡叫起來，似是怕打攪了他的清靜。

項思龍親切的摸了摸大白毛茸茸的腦袋，看著眼前這兩個忠實可愛的傢伙，不禁湧起無限的心思來。

盈盈、碧瑩，你們現在怎麼樣了？可也在想著我嗎？你們可知道我是多麼深切的想念你們！

大白似是感到了這新主人對自己的親切，而他現在卻又很是心煩，亦也伸出白茸茸的手掌握住項思龍的手，以示安慰。

項思龍只覺心中一陣激動，熱淚不禁奪眶而出。

看來這世上雖然充滿了戰爭殺伐，但是，愛還是永恆存在的。只要你付出了愛，你就會得到愛的回報。

難。

一個人只要有了愛的支持，他就會絕對的堅強起來，去戰勝面前的一切困難。

項思龍似乎深深的感受到了四周的愛。

盈盈、碧瑩、呂姿、師父，還有大白小白都是關心他，愛護他的。

我還有什麼放不下的呢？目前我首要的任務是跪過這二十一天。

我一定要活著去見我的愛人和朋友！

# 第十四章　乘風推浪

項思龍堅毅的目光似可穿透這未來的二十一天，將要忍受多少痛苦般的銳利。

已經十多天過去了，每天裡除了吃過大白小白為他準備的山果之外，其他的時間，項思龍就跪坐在石墩上默運《玄陰心經》來打發心中的寂寞和煩悶。

他的雙膝已經跪出大塊大塊的血泡來，全身骨骼麻木酸痛，像要散開來了似的。

但是他的精神卻很好，沒有一絲的憔悴之色，目中神光爍爍，臉色紅潤發光。

在這段時間裡，項思龍深深的體會出了《玄陰心經》的妙用。

原來經常練習此心經不但可以讓人精力充沛，連綿不絕，而且還可以使人靈台空明澄清，如入佛家之境。

這些天來若不是靠《玄陰心經》的支撐，自己說不定早就倒下去了。看來冥冥之中，一切因果也似皆有天意，自己也想不到師父李牧所傳的《玄陰心經》在這刻會派上用場。

想至及此，項思龍眼前又不禁浮動曾盈、呂姿諸女的音容笑貌，心中只覺一陣溫馨。

她們不是也冥冥中給了自己精神上的慰藉嗎?若不是時刻有著對她們的思念，自己又怎會淡忘了肉體上所受的痛苦呢?

項思龍又想著自己來到這古代後的喜喜憂憂，只覺精神一片恍惚。

垂下頭來看到自己所跪著的石墩，不禁心頭一震。

這十多天來，項思龍發覺身下的石墩每天都在往下沉，到現在已經下沉了差不多有十來寸左右，只有兩三寸還露出地面。

這石墩難道就是開啟洞府石門的機關?是不是石墩完全沉入地面以後，洞就會自動開啟了呢?

項思龍突然覺得心中一陣緊張和激動。

那照這樣下去，自己最多再過三四天就可跪開石門進入洞府了！

可是錦帛中寫要過三七之期才行啊！項思龍想到這裡又覺一陣意興索然。

唉，還是耐心的跪下去吧！

又是四天過去了。

這天黃昏時分，項思龍閉目端跪在墩上，耳際驀的一陣「轟轟……」的巨響，把他驚覺過來，心中猛的一震，舉目望去，不禁「啊」的一聲歡叫。

原來洞門終於開了！果然是功夫不負有心人。

項思龍虎目不禁流下了兩行興奮和喜悅的熱淚，低頭往石墩看去，卻果見石墩現在與石坪地面相平，自己所料不錯。

強行壓住心頭的激動，再次運足目力往石洞望去，卻見可能是夜明珠一類的珍玩發出的光亮把洞內照得一片通明。

項思龍凝神緩步的往洞裡走去。

石洞並不很大，約有二十來個平方見丈。洞裡點著一盞長明燈，左側是一個通體雪白的石床，石床過來是一張石桌，上面放滿了竹簡錦帛一類的東西。石桌上方懸掛著兩顆龍眼般大的夜明珠，發出光彩奪目的光芒。右側則是一個供人打坐的石墩，上面端坐著一個栩栩如生的青衣老者。

項思龍仔細審視了洞內好一會兒，並沒有見著什麼《天機秘錄》，心下不禁很是失望，但看著石墩上那面色安祥的老者，油然而生一股心神虔誠的感覺，禁不住走上去對那老者拜了三拜。

此時奇怪的事情又發生了，卻見那石墩和那老者倏地往下沉去，繼而又有一塊石板橫向跳出，封住那沉坑，同時對面的石壁上顯出一個暗格，裡面放著一個玉盒。

項思龍心頭一陣猛跳，想不到自己福緣深厚，誤打誤著竟碰成了機關，看來那三個響頭真是沒有白叩了。旋又想著，若是自己進入洞後因沒有見著《天機秘錄》而大為火光，亂砸一氣洞內什物，那現在將會是什麼局面呢？

邊古古怪怪的想著邊走向那石壁暗格，顫抖著伸手取出那玉盒，緊張的打開盒蓋一看，果見裡面放著一疊黃色錦帛，首先落入眼簾的是《天機秘錄》四個龍鳳飛舞的隸書古字，裡面還放著一把魚腸短劍。

項思龍心中喜極的狂叫：「我終於可以出谷了！」

項思龍獲得《天機秘錄》後在石洞裡又待了十多天，他已經被裡面記載的各項雜學給迷住了，尤其是對其中的劍術和易容術，他像著了魔似的，終日浸淫其中，連出谷的熱切心理都給淡忘了。

這天項思龍正在石坪上練劍，驀聽得大白老遠的就衝著他尖叫。忙收劍望去，卻見小白抱著一個昏迷不醒的白衣少女正向他走來。

項思龍倏覺心神一怔，覺著這少女有著似曾熟悉的感覺，忙衝上前去舉目一看，不禁失聲驚叫出來，原來這少女竟是呂姿。

項思龍只覺自己的整個神經都在收縮。慌忙伸手過去探她鼻息。還好，還有著一絲聲息，項思龍鬆了一口大氣，接過呂姿快步走進石洞，把她放在石床上，為她把過一陣脈後，靠近些天來從《天機秘錄》醫理篇裡學來的一些知識，為她配了些藥，餵她服下。

十多個時辰過去了，呂姿還是沒有醒來，面色蒼白，只是呼吸調勻了些。

項思龍心急如焚，焦燥不安的看著床上呂姿那憔悴的面容，心頭只覺一陣針般的刺痛。

這小妮子為何也會跌下這山崖來呢？難道是為了自己殉情？

項思龍心中對這癡情的少女又憐又愛，不知不覺竟淚流滿面。

呂姿呻吟了一聲，把項思龍嚇了一大跳，忙驚喜的把她抱住，輕聲喚道：

「姿兒！姿兒！你醒醒！」

呂姿只覺自己脆弱的身體忽然感到一陣溫暖親切的感覺，夢囈了幾句，眼前一黑，又昏了過去。

項思龍一時悲從心來，望著呂姿清麗消瘦的面容，情不自禁的失聲痛哭起來。

又不知過了多久，呂姿再次醒了過來，睜大美目，見著項思龍，稍怔了一下，就一聲歡呼從床上跌起，撲到他懷裡，低聲啜泣起來，顫弱的問道：「項大哥，這是真的嗎？這不是夢吧？我終於找到你了！」

項思龍覺著了呂姿對自己如海洋般深的柔情，輕輕的用手為她拭掉臉上淚漬，憐惜的道：「姿兒，你消瘦了。」

呂姿一雙美目溫柔如水的看著項思龍，柔聲道：「為了項郎，姿兒什麼都願犧牲。」頓了一頓又道：「那天你為了我娘的墳墓不致被雨水沖濕，找樹搭蓬掉進山崖，人家聽劉大哥說了之後，心都碎了。」

項思龍愧然道：「姿兒，我真是沒用，連那麼一點小事都辦不好，反累得大家為我擔心。」

呂姿又哭起來，哽咽道：「項郎為何說出此等話來呢？你是為了救劉大哥才……遇險的，人家只會說你是英雄呢。」

項思龍見著呂姿那驚若寒蟬的模樣，忙安慰道：「好了，乖姿兒，我現在不是安然無恙嗎？不要哭了，你再哭，我的心也都快碎了。」

呂姿破涕為笑，嬌羞的道：「誰叫你嚼嘴嚼舌的呢。」

項思龍看著她那楚楚動人的嬌態，心神一蕩，輕吻了一下她柔嫩的臉蛋，湊到她耳邊悄悄的道：「為夫還想嚼品姿兒身上的妙處呢。」

呂姿耳根都紅了，不依地橫了他一眼，但卻聲若蚊蚋的道：「但是姿兒身體現在還弱呢，夫君現下饒過姿兒，好嗎？」

項思龍心中又是一蕩，抓著她的柔荑道：「那好，不過你要記著還為夫一頓美餐。」

呂姿赫然點頭，臉頰飛紅，但卻喜透眉梢，神態誘人之極。

項思龍心中泛起無盡的柔情蜜意，強壓心頭慾火，正色道：「現在外面的情況怎麼樣了呢？」

呂姿神色一黯，幽幽的道：「劉大哥自從你那天為了救他而跌下山崖後，整個人都變了，終日悶不吭聲的，我爹心情也是很壞。」

說到這裡忽又神采一揚，微笑的道：「項郎，你不要愁眉苦臉的，事情也有好的一方面呢。我爹叫那縣令溫雄讓劉大哥作了泗水亭亭長，還……」忽而臉色一紅，吞吞吐吐的接下去道：「我爹還把我姐呂雉許給了劉大哥呢。」

項思龍一怔，倏又哈哈大笑道：「好極！妙極！劉兄弟想不到也會有如此豔福。」口中這樣說道，心中卻想：「原來《史記》中說邦弟能娶著呂雉是因為呂公相命看中他的貴人之相是假的，看來倒還是自己促成了這段姻緣呢。」不覺失聲笑出。

呂姿看著他的怪樣，又氣又惱的嗔道：「你怪笑什麼？」

項思龍忙收斂笑容，恭聲道：「沒，沒什麼，讓為夫來給我的親親小寶貝餵藥吧，好讓你快些康復與為夫共赴巫山。」

呂姿見得他又放浪形骸，嚶嚀一聲道：「誰是你的親親小寶貝？」說完一陣睏倦襲上心頭，欣喜的喝了藥後又昏昏沉沉睡去。

三天後，呂姿已能下榻行走，除了身體還些虛弱外，體力精神全回復過來。

項思龍和她感情亦進展至如膠如膝的地步，雖是在這絕谷內，日子卻也過得意興盎然。

大白小白對主人這嬌柔可愛的小妻子亦很親熱，經常做著各種怪相逗得呂姿格格直笑。

項思龍只覺著自己的精神亢奮至前所未有的高度，知道這是《玄陰心經》和愛情滋潤相結合的奇妙功能。

這一晚，兩人郎情妾意，鬧得不可開交。

雲收雨歇後，項思龍撫摸著呂姿光滑晶瑩的胴體，輕聲道：「姿兒，快樂嗎？」

呂姿被他那雙魔爪摸得渾身酥酸，嬌喘的語道：「項郎，再一次，好嗎？」

項思龍故意驚叫起來：「我的天啊，我的姿兒竟成蕩女了！」

呂姿嬌吟怒罵一聲道：「還不是你這色鬼挑得人家情難自禁嘛！」

項思龍心中一甜，痛吻了一陣她的香唇，瞪眼道：「那為夫這色鬼再來探找一回姿兒這神秘之地了。」

兩人頓時又是一場狂風暴雨，抵死纏綿。

一刻間，所有的困難和危險都溶化在了兩人忘情的嬌喘呻吟聲裡。

項思龍悠悠醒來，天剛濛濛亮，看著身邊妖嬈美人赤身裸體的睡態，想起她昨晚的饑渴和嬌媚，輕吻了一下她濕潤的紅唇。

呂姿被他驚醒過來，看著他那雙亮眼正看著自己身體的妙處，忙嬌羞的抓過衣服披在身上。

項思龍看著她的媚態，嘿嘿一陣怪笑道：「姿兒的身體我還沒有細瞧過嗎？連你身上的每一處肌膚我都吻過了，還在為夫面前害羞？」

呂姿真是拿這自己愛極的夫君沒得他法，但心裡卻隱隱覺得他與從前似大變了個樣似的，言行放浪好多，但自己卻偏偏更是愛煞了他現在這般模樣。

心下一軟，臉如火燒的嬌吟道：「思龍啊！不要這麼挑逗人家好嗎？人家可真受不了你這般樣子呢。」

項思龍心下也暗暗覺得奇怪，自己怎麼比以前「色」了好多啊？總是去想著女人，難道是這段時間沒近女色，思慾難禁嗎？

其實他哪裡想得到，他是繼承了他父親項少龍的風流本性呢？

精神一震，清醒過來，恢復正色道：「姿兒，我們今天出谷吧，這幾天我已從《天機秘錄》裡的路線指示找到了那隱密的出谷之道了。」

呂姿神情一怔，有點戀戀不捨的道：「項郎，我們以後還回這裡嗎？」

項思龍心中一陣迷亂，想起當初曾盈和他為逃避陳平的通緝離開那山澗茅屋時，曾盈也對他說過這樣的話，一時啞然無言。良久，才歎了一口氣道：「這以後再說吧。」

呂姿見項思龍神色黯然，以為他把這裡看作是個傷心之地，嬌然一笑的柔聲道：「項郎，算我說錯了好嗎？不要這麼愁眉苦臉的，姿兒看著心痛呢。」

項思龍被這嬌女的柔情溶化得愁思盡去，想起出谷後兩人可以快意江湖，不禁心情大佳，在她臉蛋上吻了一下道：「好了，天已大亮了，我們起床洗漱後就收拾一下，準備出谷。」

項思龍和呂姿收拾好行裝，已是中午時分。

大白和小白低聲嗚咽著，要闊別這居住了將近一百來年的地方，牠們亦是傷感。

項思龍看了一眼身後的「無極洞府」，驀的跪下叩了三個響頭，心裡默默的想道：「師父，徒兒出山了！我一定不會辜負你的寄望！」

呂姿則雙眼通紅，望著身邊的夫君，一言不語。

項思龍忽然道了聲：「走吧！」

率先邁開腳步，頭也不回毅然向谷外走去。

出得谷外，只見眼前是茫茫一片沼澤之地，冬陽懶洋洋的灑照在大地上，給人一種溫馨的感覺。

項思龍長長的吐了一口長氣，大嘯一聲，只覺胸中一片無比的開闊舒暢，豪氣頓生，口中朗聲道：「俱往矣，數風流人物，還看今朝！」

呂姿被他這萬丈豪情激動得一雙美目異采連連，低聲念叨著項思龍剛才所「作」的詩句，嬌聲道：「想不到夫君不但和爹一樣胸懷大志，而且精通詩詞歌賦，姿兒真是三生有幸了。」

項思龍俊臉一紅，換過話題道：「唉，這茫茫沼澤，我們也不知要多久才能走出？」

呂姿回神過來，略一沉思道：「這裡應該就是豐西澤了，那離沛縣沒有多遠，我們只要四五個時辰就可走出這沼澤之地，說不定附近還會有官道呢。」

項思龍大喜道：「姿兒原來對這裡地理也非常熟悉，那為夫倒是多心了。」

呂姿咳了他一眼道：「你以為我是個足不出戶的閨秀啊？那樣你這風流才子又怎麼會看得上我呢？」

項思龍瞧著她那美人的樣兒，心中大樂，若不是有大白小白在旁，真想又把她抱住親吻個夠。

呂姿看出了項思龍的賊心，心下雖氣卻也甚是歡喜，臉上忽的羞得通紅。

還好，項思龍並沒有把他的色心付諸於行動，只是走過去拍拍她的香肩，柔聲道：「那現在就請我美麗多才多藝的娘子帶路吧。」

走到官道上時，已是天黑時分。

天上的星星若明若現，兩旁皆是荒山野嶺，陰風拂過，風吹草動，讓人感覺甚是有點詭怖的意味。

呂姿嚇得緊緊的拉著項思龍的手，渾身有點冷颼颼的感覺。

項思龍在特種部隊時就受過野外各種環境的訓練，心中自是不怕，但卻是聚集起精神凝神戒備。

忽的前面裡不遠處射來一片燈光，亦也聽得隱隱的吵雜聲。

看來對面有人向他們走過來。

項思龍心神一震，緊握了一下呂姿冒出香汗的小手。

現在這半夜間是些什麼人在趕夜路呢？難道是哪方義軍亦或秦兵？

項思龍心裡想了不多久，前面燈火更近了，隱約可見對方有二百來個人，卻是十多個秦兵押著一批帶著鎖鏈的囚犯、流民等人。

領頭的那個身著官服的秦兵似是有些眼熟，但一時也看不清對方面目。

忽聽得呂姿一陣歡叫道：「劉大哥，是你麼？」

對方「咦！」了一聲，似是沒有看清兩人，想不到這荒山野嶺之中會有人認識他，亦感聲音熟悉，忙跑上前來，細看著項思龍，驚訝中帶著激動的「啊！」

了一聲，衝上去抱住項思龍，顫聲道：「項大哥，真的是你麼？我就知道你會福大命大的！」

項思龍這時也看清楚了對方竟是劉邦，亦緊緊的抱住他，激動的道：「邦弟，怎麼是你？現在你押著一批犯人幹什麼？」

劉邦這時心中的高興真不知用什麼言語來形容，只見他流淚的哽咽著道：「那天你摔下山崖後，我可真是恨死自己了，真想也跳下去陪著你一死了之，可樊噲他們拉住了我，現在見著你安然無恙，我真的是非常非常的高興！」

項思龍見著劉邦的真情流露，也覺眼角在發漲，拍著他的肩頭道：「我也一樣，見到你很高興！」

劉邦欣然道：「現在有了項大哥在身邊，我覺得心裡踏實多了。唉，我正為這些囚犯逃跑犯愁呢！項大哥可得為我想個法兒解決一下我現下的難題。」

項思龍驀地記起史書上記載過劉邦當了泗水亭長後，有一次押解囚犯、流民去咸陽修築驪山陵墓，在豐西澤故意放了這批囚犯，以致走上起義的序幕。

那不正跟現在的情況相吻合嗎？

項思龍心中一陣震顫，又驚又喜，心下有了主意，當下道：「這事沒問題，我會幫你解決。」

劉邦大喜道：「那就先謝謝項大哥了。」

項思龍高深莫測的微微一笑道：「邦弟討了個大美人，我還未向你討杯喜酒喝呢。」

劉邦俊臉一紅，偷眼望過呂姿，見她正笑意盈盈的看著自己，知她已跟項思龍說了他娶她姐姐呂雉的事，爽然一陣大笑道：「這個小弟自是會敬過大哥的，等到了前面的酒肆再說吧。」

項思龍也是一陣哈哈大笑，繼而問道：「邦弟今次怎麼會押解一批犯人去咸陽呢？」

劉邦皺眉苦笑道：「還是岳丈大人說什麼要讓我到外面去長長什麼見識，跟縣令提出要我去做這件苦差。」

項思龍見著他的愁樣，心中一笑，拉過他到一邊，嘰哩咕嚕的在他耳邊低語了好一陣。

劉邦聽得目光大放光芒，亦臉色時陰時晴，疑惑的低聲問道：「項大哥，此事不危險嗎？岳丈大人會不會怪我們？」

項思龍豪然道：「邦弟，欲想成大事者，哪個能不冒點風險？畏頭畏尾的何能算得什麼英雄？」

劉邦被他說得精神一震，滿臉正色道：「項大哥說得極是，小弟受教了。」說完深深一揖。

項思龍欣喜的連聲道：「這才是我邦兄弟的英雄本色！」

呂姿看著他倆舉止神神秘秘的，一臉不解之色。

項思龍和呂姿跟著劉邦轉向了走咸陽去的路。

這晚劉邦下令在豐西澤的一處密林裡安歇營紮。依了項思龍的計策，在十多個秦兵的飯菜裡下了項思龍給他的迷藥，自己則故意在營裡去死睡一覺。

第二天眾人起床的時候，卻見滿地都是砸斷了的鎖鏈，這幫犯人跑得只剩下一百多人了。

那十多個秦兵顫顫慄慄的來到劉邦的帳營裡，向他報告此事。

劉邦裝著又驚又怕、大為火光的樣子衝著他們大發雷霆的吼道：「什麼?竟讓那些刑犯逃了?你們昨晚都幹什麼去了?睡得像豬嗎?現在我們怎麼去咸陽向那些官老爺們交差啊?這下我們有多少個腦袋也保不住了。」說完一臉的沮喪之色。

那些兵衛一個個都嚇得驚若寒蟬，不敢吭聲。

劉邦又故意長歎了一口氣道：「現在你們說說我們該怎麼辦吧?」

站在帳營門口的項思龍差點笑破了肚皮，想不到劉邦的演技竟然這麼好，這時見火候到了，走上前去慢條斯理的道：「劉兄弟，此去咸陽現下是必死無疑，目下唯一的辦法是……」故意賣個關子沒有說了下去。

劉邦一臉的渴望之色，忙道：「項兄弟有話但說無妨。」

項思龍眨了眨眼睛道：「在下所說的話……嘿嘿，各位可能聽不進去，反會……把我抓了起來。」

眾人這時異口同聲道：「項兄弟，有什麼好的對策，請告訴我們吧，我們感激還來不及，又怎會責怪你呢？」

項思龍咳嗽了兩聲，壓低聲音道：「諸位何不效法陳勝、吳廣呢？」

眾人又齊聲「啊！」的一聲驚叫出來，面面相覷的望著項思龍，一臉驚駭之色。

劉邦小心翼翼的問道：「項兄弟此言何講？」

項思龍忽而大笑一聲，朗聲道：「諸位兄台難道還看不出秦國即將亡矣嗎？現在各地英雄紛紛舉起義旗反秦，我們何不也糾集現下的一批力量，舉起反秦義旗？橫豎都是死，轟轟烈烈的站起來幹一番事業，也不枉來人世一趟。」

眾人被他這番慷慨之詞說得心潮翻湧，其中有兩個長得也算魁梧高大的三十幾歲的中年漢子走出來，向劉邦和項思龍跪下道：「在下王莽飛願意追隨兩位大人手下。」

劉邦走上前去扶起他們，激動的道：「好！好兄弟！」

其餘諸人見有人出頭，皆都跪喊道：「在下等願意追隨兩位大人左右。」

劉邦一陣豪爽的大笑道：「好！那我就和諸位兄弟同生共死，去揭他個天下大亂！」

眾人皆都是些草莽之輩，聽得劉邦此話，一齊哄笑起來。

項思龍又與他們一起商議了下一步的對策，方與劉邦會心一笑的離去。

隊伍又向前進發起來。到得下午時分，眾人遠遠的見著前面有一個酒肆。

劉邦精神特別亢奮，拉著項思龍的手大笑道：「現在我就可敬項大哥喝我的喜酒了！」

轉眼又朝呂姿看了一眼，微笑道：「當然還有嫂夫人了。」

呂姿咳他一眼，嬌怒道：「你說什麼？」追上前去作勢欲打。

項思龍哈哈一笑道：「好了，不要鬧了！咱們喝酒去吧！」

一行人進了酒肆之後，劉邦忽然吩咐眾兵士打開所有刑徒的鎖鏈。

眾兵與他早有約契，也都不感詫異，皆聽命令做去。

而所有囚犯則都不明所以，一時驚詫莫名的看著劉邦。

場中氣氛異乎尋常的寂靜下來。

劉邦橫掃過從人一眼後，大聲道：「諸位不必詫異，今天我心情好，想請大家好好的吃他個一頓。你們這兩天來也沒吃頓飽飯，好，今天諸位都開懷大吃大喝吧。」

哈哈一陣大笑後，又喊來酒肆店主道：「店家，我的這些兄弟可都快有一天沒進東西了，今天就麻煩你給我們造一大鍋飯，燒個大鍋菜，讓我的這些兄弟都吃個飽。」頓了一頓又道：「對了，先把你這店裡所有的酒都搬出來，我們今天喝他個痛快。」

看著店家臉上為難之色，心下明白，取出項思龍給他的一串珍珠，塞到他手裡道：「對了，還有，先預付給你訂金。」

這串珍珠少說也可值得百多兩銀子，店主一見這位小官爺出手如此豪綽，馬上滿臉堆笑，連連點頭稱是，喲喝著叫眾夥計立刻照這位大爺的吩咐去做。

此時，那些囚犯才相信劉邦所說是真，都驚喜的哄叫起來。待得店夥計搬出酒來時，一湧而上的圍上去，抱起酒罈就猛喝起來。

項思龍看著場中情景，歎了一口氣道：「民眾在秦二世的苛暴專政之下，都過著如此水深火熱的生活，難怪大家都要起來反他了。這也正是應了『哪裡有壓迫，哪裡就有反抗』這句話。」

劉邦聽得怔了一怔，旋而又爽聲大笑道：「項大哥，我們暫且不提這些煩事也罷。來，我敬你和嫂夫人一杯，免得以後你還說我欠了你一杯喜酒。」

項思龍被他這句風趣的話說得愁雲暫去，看了一眼呂姿，懶洋洋的道：「不知我這位乖乖小夫人能不能勝得酒力呢？」

呂姿嬌咳道：「你怎麼在外人面前也說出如此話來?看我以後理不理你。」

項思龍「噢」了一聲，捉挾道：「那夫人這話是不是說只有你我兩人的時候，我就可以對你放肆些呢？」

呂姿脫口而出道：「你難道對我還不夠放肆嗎？」

這話剛說出口，就覺自己中了項思龍的圈套，不禁嬌羞的低下頭去。

劉邦和項思龍聽得一齊大笑起來。

大約喝了一個多時辰，眾人都酒足飯飽了。

項思龍向劉邦使了一個眼色，意思是說：「時機到了，你又該出場了。」

劉邦會心一笑，站起來對著都有了幾分醉意的眾人朗聲道：「各位，請靜一靜，我有幾句話要對大家說一下。」

眾人對劉邦此時都生出幾分好感來，立時停住了喧嘩聲，靜了下來。

劉邦爬上了一張剛收拾開來的空桌，看了一下靜待他發話的眾人，只覺一股豪氣直往上湧，爽聲道：「本來，我是負責押運你們去咸陽服傜役的。但是現在人數逃掉了一大半，我們此去咸陽，就只有死路一條。既然如此，我也再不想為朝廷賣命了。今天，我就索性斗膽放了大家。如願意留下來追隨我的，我自是歡迎得很，其他的人，願意去哪裡就去哪裡吧。」

眾囚犯、流民一聽這話，都驚喜異常，紛紛歡呼雀躍起來，立時有一半以上的人跪下大聲道：「我們願意追隨大人，赴湯蹈火，在所不辭。」

其中有十多個人嚇得顫顫慄慄，跪下顫聲道：「小人等上有老母，下有家小，所以……」下面的話嚇得說不出來了。

立時有數人對他們的膽小怕事發出嗤之以鼻的譏笑，有的竟發出怒罵之聲。

劉邦從桌上跳下，上前扶過他們道：「既然各位有困難，自是可以自行離去，我不會為難你們的。好了，你們起來吧，以後珍重了。」

那行人對劉邦感激涕零，說過些恭維之類的話後，狼狽而去。同時又有二十多人也尾隨他們逃去。酒肆裡現在只剩下七八十個願意追劉邦之人。

項思龍看著計畫已成，心中大是興奮，往劉邦望去，卻見他正愁眉苦臉的也正看著自己，也知其意，走上前去拍了拍他的虎肩道：「邦弟，不要著急，我們現在雖私放囚犯，朝廷知曉後會通緝我們，但是我們可以先找個偏僻的地方躲避起來，等待時機謀定而後動。」

劉邦最是信任項思龍了，聽他此說知是他已思好對策，臉上愁雲盡去道：「一切都聽項大哥的安排吧。」

項思龍想起了史記上記載過劉邦此次豐西澤縱徒事變後，就退往了芒碭山，即道：「芒碭山澤離沛縣有多遠？」

劉邦一愣，旋即明白他是在尋思退避之所，答道：「差不多有十多里遠，聽說那裡山勢蜿蜒有數百里，地形十分複雜，交通也甚不便，人跡罕見，倒是一個十分理想的避難之所。」

項思龍大喜的沉聲道：「好，那我們就退往芒碭山！」

# 第十五章　異軍突起

一行人回轉往芒碭山進發。

項思龍和劉邦都覺心中有一種難以掩飾的激動和興奮。

劉邦對項思龍佩服得五體投地，此次豐西澤縱徒起義事件均由項思龍策劃，想不到竟如此順利，他日若能像陳勝、吳廣一樣聲勢浩大，馳騁萬里疆場，那種場面不知會有多麼的讓人激動。

項思龍心下也是激動異常，想不到自己竟幫了劉邦一個如此大忙，這未來的漢高祖也就憑此一批原始的力量去天下間縱橫了。

呂姿則看著自己英氣風發的夫君，心裡都快喜翻了底兒。

一路說說笑笑，鬧鬧哄哄，不覺又已是黃昏時分。

四周皆是荒山野嶺，涼風習習，空氣清新，眾人也都不覺得行路的勞累。驀的一陣旋轉的陰風吹來，眾人都不覺打了個寒顫，再加上前面山林裡響起了一陣奇怪的聲音，皆都升起了一種毛骨悚然的感覺。

眾人收斂心神，顫顫慄慄的緩步向前走著，突的前面有幾個發出尖厲的驚叫。

項思龍心神一震，快步衝上前去一看，也不禁倒吸一口涼氣。原來前面山路上橫臥著一條腿臂粗的白色巨蟒，正張開著血盆大口，衝著眾人吞吐著紅紅的長舌，在這朦朧黑夜裡，巨蟒雪白的身子特別顯眼，而且牠的眼睛還不時閃動著綠熒熒的光來，其樣勢十分嚇人。

眾人別是說見過，就是聽也可能沒人聽說過這樣可怕的巨蟒，皆都嚇得目瞪口呆，往後連退了四十多米，膽顫心驚的嚇得雙腿直發抖，連大氣都不敢出。

劉邦亦是驚惶失措的望著項思龍，投來求助的目光，呂姿則驚嚇得倒在項思龍身上昏了過去。

項思龍強壓下心中的驚嚇，鎮定下來，橫掃了眾人一眼，心中倏地閃過劉邦斬殺蟒蛇的故事，心念一動，把呂姿交給驚嚇失措的大白小白，隨後強作精神把劉邦拉過一旁，避過眾人視線，從衣袖裡拿出兩張精巧的人皮面具，看過之後，塞了一張給劉邦叫他戴上，自己則也迅速戴上手中面具。

劉邦依言戴上面具後，往項思龍望去，心裡倏地一震，驚訝不已。原來項思龍這刻竟變成了他劉邦的模樣，那自己又變成了什麼樣子呢？是項思龍嗎？心下不明所以，不知項思龍在搞什麼玄虛。

項思龍看著劉邦的詫異之色，心下暗笑，但知沒有那麼多時間與他明說此事，解下腰中尋龍劍交與劉邦佩上，隨後拉著他轉回到了眾人之處。

化作劉邦的項思龍咳嗽了兩聲，啞住聲音沉聲對眾人道：「諸位，現在前面路上有蟒阻住了我們去路，我們自是要把牠趕走，大家不要心慌，待我劉邦去斬殺此孽畜也！」

轉身又向化作了項思龍的劉邦道：「項兄，借你寶劍一用。」

眾人聽得皆是心寒又都敬佩不已，為「劉邦」暗捏一把冷汗。

「項思龍」聽得他話，心下大驚道：「項……項某的劍借與你自是沒問題，可劉兄弟此舉太是冒險了點。」

劉邦本想說：「項大哥，這怎麼可以呢？我絕對不會讓你去冒險的。」但旋即記起此時自己是項思龍，忙又改口。

項思龍知他關心自己，心下感動，臉上卻說道：「項大哥放心吧，小弟自會小心點的。」

劉邦此時明白項思龍是為了在眾人面前替自己樹立威信，心下大是感激。

雖然他對項思龍的機智武功都很信任，但還是擔心得很，臉上流下熱淚，握住項思龍的手，激動的道：「謝謝你！劉兄弟！」說完解下佩劍遞給項思龍，目中顯出異樣的神色。

項思龍接過尋龍劍，信心陡地一增。

為了邦弟，自己無論如何也要殺死這隻巨蟒。

心下想來，目中倏地光芒暴長，修習一個多月的《玄陰心經》和《天機秘錄》，項思龍的武功又增進了許多。

緩緩的拔出尋龍劍，只見一陣寒光劃破黑夜，項思龍展開從《天機秘錄》裡學的「百禽身法」和「七絕迷蹤步」配合以「雲龍八式」中的「旋風式」快若電掣的向那巨蟒撲去。

眾人都提高了心神，目不轉睛的看著「劉邦」，心裡怦怦直跳。

那白蟒似被項思龍手中尋龍劍的寒光和劍氣嚇了一跳，但旋即勃然大怒，身體騰空，尾部往項思龍橫掃過來。

項思龍閃身避過，劍式不停，尋龍劍往白蟒背部劈去。

但聽得「噹」的一聲，尋龍劍如擊在鐵器之上，心中大驚，知這巨蟒渾身堅如鋼鐵，見牠又旋轉過來，一張血盆大口往項思龍手中尋龍劍咬來。

項思龍被牠那凶神惡煞的模樣嚇得心中寒氣大冒，忙又劍勢一轉，展開「雲龍八式」中最具殺傷力的「天殺式」，但見項思龍手中尋龍劍劍芒大漲，如一團光環，往白蟒腹部襲去。那是白蟒身上脆弱之處，若被擊中，必會令牠大傷元氣。

白蟒似是料不到項思龍變招如此之快，被迫把身體急降，同時快若閃電的向項思龍直衝過來。

項思龍劍勢連綿不絕，身體猛的向上一個翻騰，成倒掛之勢，劍芒往白蟒眼睛擊去。

白蟒凶性大發，身體在地上一陣猛掃，卻見石飛灰揚，一時聲勢大作，同時尾巴向上翹起，直掃項思龍腰間。

不容項思龍細想，危急之中收劍往白蟒身上一點，身體借勢飛出。

白蟒卻是身體騰起，在空中一陣旋轉，身體成螺旋狀往項思龍轉來。

項思龍身勢仍未著地平衡，見著白蟒向他旋轉襲來，一時嚇得亡魂大冒，暗叫一聲「我命休矣」，但手中長劍卻是又起一陣劍影，「雲龍八式」中最後一式

「乾坤式」咬牙擊去。

白蟒見項思龍在此等陣勢之下還是如此威猛，不禁身體略一退縮，項思龍手中長劍卻尋著破綻往牠腹中刺去。

卻見一股鮮血直噴項思龍面門，白蟒中劍痛得上下翻滾。

項思龍因血迷眼，一時疏神未拔出蟒腹中的尋龍劍，白蟒亂滾之下身體捲住了項思龍。

眾人剛剛因項思龍刺中巨蟒而齊聲叫好，此時見著此況又都驚叫出來。

項思龍身體被巨蟒捲著，只覺胸中越來越氣悶，雙手抱腦，偶而觸著了懷中魚腸短劍，心下大喜。忙從懷中摸出，集中神志往巨蟒七寸處刺去。

此處乃是蛇類死亡之穴，只見白蟒痛得悶嘯一聲，把項思龍的身體摔出，在地上翻滾幾下就驟然不動。

劉邦驚叫著往項思龍摔身處奔去，卻見項思龍嘴角流血，手上發青，渾身直抖。

劉邦上前一把把他抱住，泣聲道：「大哥，你可不要嚇我！」

項思龍強力睜開往下沉的眼睛，指了指自己懷中微弱的道：「紅色……藥……」話未說完就昏死過去。

項思龍覺著渾身發冷，在做無數的噩夢。

他夢見了自己像跌進了一個無窮無盡深的黑暗冰窟裡，身體直往下沉。

一忽兒又夢到時空機器把他送回到了二十一世紀，並審判他擾亂歷史的大罪，然後又是不同的臉孔出現在他的眼前。

包括了母親、父親、曾盈、張碧瑩、呂姿、劉邦等等，耳內還不時響著各種鬼魂的啼號聲。

難道我已來到了地獄？

耳際卻又隱隱傳來呂姿的哭泣聲和叫喚聲。

不！我不能死！

隱隱中他又覺得自己正徘徊於生死的邊緣。

我一定要活下去！

為人為己！我也不可以放棄。

身體忽寒忽熱，靈魂就像和身體脫離了關係，似是痛楚難當，但又若全無感覺。

在死亡邊緣掙扎了不知多長的時間後，項思龍終於醒了過來。

彷彿間，他似乎回到了二十一世紀軍部裡那安全的宿舍。

一聲歡呼在耳際響起，呂姿撲到他身上，淚流滿面又哭又笑。

項思龍脆弱的望著她微笑了一下，剛想開口說些什麼，眼前卻又是一黑，昏了過去。

再次醒來時，項思龍精神和身體的狀況都好多了。

呂姿歡喜得只懂痛哭。

項思龍有氣無力的問道：「這是什麼地方？我昏迷多久了？」

一陣熟悉的聲音在入門處響起道：「這是你岳丈大人的府第。思龍你昏迷了足有五天了！換了別個人與巨蟒打鬥，傷成這麼嚴重，早一命嗚呼了，還好是我的愛婿，體格非凡，身上也有靈丹妙藥。」

走上前來，見項思龍臉色逐漸紅潤，管中邪鬆了一口氣道：「好小子！還算你命大福大！要不然呂姿這小妮子，又要陪著你……」

說到這裡，呂姿嬌喝一聲：「爹！」打斷了管中邪的話音，撲到他懷裡撒嬌起來，臉頰上還掛著淚漬。

管中邪大是疼愛，哈哈一笑道：「好！好！爹不說了。這幾天你為了照顧你的項大哥啊，可幾天沒有休息了，瞧！憔悴了許多呢！好了，姿兒，你休息去吧，你項大哥現在沒事了。可不要因此弄得自己不美麗了，到那時看思龍還疼不疼愛你？」

呂姿大是嬌羞，用粉拳輕打了兩下管中邪胸部，嬌怒道：「我不跟你們說了嘛！」說完飄身而去，看著她的一身白衣身影，項思龍不禁想起了剛認識呂姿的情景。

管中邪的話又在耳際響起道：「思龍，你可真是讓大家為你擔心死了，你如果出了什麼事情，我的心這輩子都會感到不安。」

項思龍回神過來，聽到這話只覺心頭一陣感動道：「岳父，思龍現在不是好好的嗎？」

管中邪聞言一笑道：「你像極了你父親項少龍，膽大心大，但卻遇事皆化險為夷。」

想起父親，項思龍神色一黯，沒有答話。

管中邪知道自己說話不小心挑起了項思龍的心事，忙改口道：「思龍你跌下谷去，是不是有什麼奇遇呢？」

項思龍也不想總是想著那些傷心事，忙收斂精神，把跌到峽谷後遇到的諸事說了一遍，直說到呂姿也跳下山谷為止。

管中邪聽了心中大是慨歎，覺得項思龍福緣甚是深厚，竟獲得了一代神秘大俠「鬼谷子」之傳，同時亦也大感欣喜，自己女婿卻非常人。

忽而問道：「思龍你為何叫劉邦起來起義？而你自己卻又不出頭率領眾人？憑你的武功機智，比劉邦可高出很多。」

項思龍一時可也真不知怎麼回答他這個問題，難道說自己知道天下將來必為劉邦所得？一時訥訥無語起來。

管中邪忽然似明白過來了似道：「思龍，無論你心裡怎麼想，我一定都支持你。唉，你像你爹一樣讓人高深莫測。」

原來管中邪此時想著了項少龍，當年憑他的本事，要想奪得天下也並非不可能之事，秦始皇不就是他培植出來的嗎？

可是他卻出人意料的待秦始皇功成之後就消失了，可能項思龍也像你一樣對功名利祿毫不放在心下，而只是肩負著某一種使命來創造歷史吧。

想到這裡，管中邪猛覺心中一突，難道思龍他看出了將來得天下者必為劉邦？

這樣想來，管中邪只覺渾身冒出冷汗，又驚又喜，目光異樣的深深看了項思龍兩眼。

項思龍被他忽然怪異的目光看得頭皮直是發麻，訥訥道：「岳父，你……」

管中邪突然擺了擺手，放鬆緊張的精神道：「好了，思龍，你不要再說什麼了，還是那話，無論將來怎樣，我定會支持你到底，你休息吧。」說完，轉身緩緩離去。

項思龍看著他蹣跚的背影，覺著心裡突突的跳著。

難道岳父從自己身上看出了什麼秘密？

項思龍頭大如斗的想著，不知什麼時候又睡著了。

經過十多天的休息養傷，項思龍身體又完全康復了。

這些天，管中邪很少來探看他，倒是呂姿終日不離左右。

樊噲、周勃、夏侯嬰也來看望過他幾次，看到項思龍均都高興得大喊大叫起來，說是等他傷好了以後，定要與他去酒店喝他個不醉不歸。

項思龍當時欣然應好，事後卻被呂姿指著鼻子臭罵了一頓，只得不置可否笑笑，哄了她好一陣子才算了事。

這天項思龍正在房中與呂姿親熱，突聽得一陣敲門之聲。

呂姿忙推開項思龍，整理了一下被項思龍「作惡」搞得凌亂的頭髮和衣服，嬌瞪了項思龍一眼後，蓮步移去開門。

卻見蕭何正凌然站在門口，見到項思龍，微微一笑中帶著關切道：「項兄弟身體可好些了吧？」

項思龍對這位為劉邦將來打天下立下汗馬功勞的漢子甚俱好感，見他也來看望自己，大喜的從座位上跳了起來，上前迎道：「不是只好了些，現在是完全好了。蕭大人來看小弟，真是讓我很覺意外呢。」

蕭何見到項思龍對他如此親切，心中大是高興，握住他的手道：「其實我很早就想來看望項兄弟，只是由於公事纏身，所以至今天才來。項兄弟不見怪，蕭某已是榮幸了呢。」

兩人同時大笑一陣坐下後，呂姿為他們上了茶水。

項思龍見蕭何臉色似是有點不好，心中納悶道：「看蕭大人神色，似是有什麼心事，不知可說與項某知否？」

蕭何目光深深的看了項思龍兩眼，隨後正色道：「項兄弟對劉邦一行人豐西澤縱徒起義有何看法？」

項思龍想不到蕭何開門見山就問出這樣的話來，略一遲疑，沉吟一下後道：

「此舉乃順應時勢之舉。秦政已成必亡之勢，劉邦只是效仿陳勝、吳廣而已。何況現在天下已是群雄並起，劉邦也舉起義旗，正是響應天下大勢所向，蕭大人難道只安心於做個縣級小吏嗎？那可真是埋沒人才，英雄無用武之地哪。」

蕭何心下一震，臉色微變旋即平靜道：「項兄弟果然厲害，一語中的，說中蕭某心事，英雄無用武之地，好一句妙絕之語，蕭某此身正適此語之境。」

頓了頓又道：「是的，現在天下風雲紛起，秦政搖搖欲墜，但是，目前還是大秦朝的天下，秦軍的實力還是不可低估的。」

說到這裡忽的神色一黯又道：「吳廣被他的手下在滎陽謀殺了。」

項思龍驚得又跳起來道：「什麼？是田藏那小子幹的嗎？」

蕭何聽得臉色又是一變，語氣急促道：「項兄弟何出此言？田藏被陳勝王封為上將軍了呢。」

項思龍長歎了一口氣，喃喃道：「唉，看來天命終是不可違。」

蕭何不明所以，正想發問，項思龍忽又接著問道：「蕭大人可知現在外面對劉邦一事有何反應？」

蕭何沉默了一陣道：「現在還沒有什麼動靜，不過咸陽來使催問，為何遲遲沒有送到去驪山服傜役的人，縣令搪塞過去了，在這十天半月之內的還不會有什麼問題，可是事情終會有水落石出的一天，朝廷終會發佈通緝令下來的。」

項思龍嘿嘿笑道：「秦二世、趙高他們有這麼多閒情來管這些小事嗎？陳勝王他們就夠讓他們頭痛的窮於應付了，章邯雖然威猛，但他也沒有長什麼三頭六臂，我看暫時應該沒什麼危險的，只是得靠這段時間來準備充實一下劉邦的力量。」

蕭何點了點頭，很有誠意的道：「屆時劉兄弟起事，項兄別忘了通知蕭某。」

項思龍一聽大是高興，知他也想回應劉邦，忙道：「那是自然，到時還得多多仰仗蕭大人的幫助呢。」

二人又細說了些其他事情，一直談了一個多時辰，項思龍才恭送蕭何出了管府，心底滿心興奮。

芒碭山位於沛縣城東南十多華里處。這裡山巒起伏，古木參天，草森林密，更有奇石異峰，突兀崢嶸。

黃桑峪座落於芒碭山的山腹之地，三面高峰聳立，只有正南面有一羊腸小徑通入，正有一夫當關，萬夫莫開的天然之險。

劉邦一行就藏於此峪中一名為「飛龍洞」裡，這是一個天然崖洞，洞口擋著一塊一丈多高的「飛來石」，再加上草木茂盛，教人稍不注意，很是難以發現此洞。

這「飛龍洞」呈圓形狀，洞深有六米多，洞底平坦，四壁油光，在洞頂處有一個一平方左右的露天小口，使洞內大放光明，不致黑暗。

項思龍在樊噲、周勃的領路之下，來到了這「飛龍洞」。

劉邦一見項思龍，大喜過望道：「項大哥，你傷勢好了？我在這裡啊，是整天盼星星，盼月亮的期待著你來呢。」

項思龍對自己這同父異母的兄弟也只覺從心底的喜歡，見劉邦對自己如此情深意切，心底一熱，哈哈大笑道：「我這不是來了嗎？還把我的弟媳婦兒也帶來了呢。」

呂雉站在項思龍身後，羞紅著臉，鶯聲瀝瀝道：「是項大哥硬把人家拉來的嘛！」

項思龍瞪大眼睛，大喊冤枉道：「雉兒這是什麼話？你整天急著姿妹要她來說動我把你帶到這裡來見你相公，現在……唉，你們女人的心啊，真是難以度測。好了，算我倒楣，背了這個黑鍋也罷。不過下次你再要來啊，可非要你自己親自來求我不可。」

呂雉嬌羞盈盈的脫口道：「人家下次自己可以找來的嘛。」

項思龍、樊噲、周勃聽了這話，一齊哈哈大笑。

弄得呂雉大發嗔怒，幸好有劉邦來哄她解圍，否則項思龍可得被她糾纏個不清。

項思龍收拾起了玩笑心情，正色道：「邦弟，你躲避在這黃桑峪雖是安全，但我們是欲成大事者，所以你要趁這段時間，充實武裝一下自己的力量。」

劉邦神色一黯道：「可是我對自己似乎沒有信心呢！」

項思龍厲聲道：「事在人為！難道你要枉負大夥對你的希望嗎？」

說到這裡語氣又緩和下來道：「我已叫岳父暗中在治煉了一批兵器，不久便可送來。戰馬也已購置了四五十匹。到時我們就先攻下沛縣，縣令溫雄被岳父威勢所懾，蕭何和曹參到時也會給我們作內應，所以你不要洩氣，你現在的任務是在這谷中訓練這批人馬的作戰能力和經驗。」

說著從懷中拿出《天機秘錄》中的兵法劍法篇遞給劉邦，接著道：「這個給你作為參考之用。」

劉邦心神一震，對項思龍的感激不知說些什麼才好，訥訥道：「項大哥，我……我……」

項思龍瞭解他的心情，微微一笑道：「不要說什麼了，你可是個有『龍氣』護身的天命之相的人，你一定能做出一番大事業來的。」

樊噲這時插口道：「是啊，有項大哥幫助我們，何愁大事不成？」

周勃隨聲附和道：「劉大哥放心吧，我們都誓死跟著你。」

劉邦喉嚨哽咽道：「你們真都是我的好兄弟！」

說到這裡，目中突地射出一陣逼人的寒光道：「好，無論將來怎樣，我也要到這世上去拚一拚。」

項思龍大笑道：「這才是我的兄弟劉邦嘛。」

接下來項思龍傳了些現代特種部隊的訓練方法給劉邦、周勃等人，使得他們對項思龍的敬服又增一層。

呂雉和劉邦溫存一番後，隨項思龍出了黃桑峪。

現在是萬事具備，只欠東風了。

只要劉邦把那批隊伍訓練堅實，就可以正式向天下宣誓高舉義旗了。

項思龍只覺心中被一種極度興奮的情緒激動著。

呂姿靠在他寬廣的胸前，用那柔嫩的小手輕撫著項思龍那消瘦的臉頰，心痛的道：「項郎，這些天你總與爹一起操勞兵器鋪之事，使你都瘦了許多了。」

項思龍也覺整個身心都很勞累，這刻輕接著這美女的柔荑，只覺精神放鬆了許多。

項思龍垂頭輕咬著呂姿的耳朵，低語道：「那我和我的小姿兒明天就躲去『無極洞府』好了，可以遠離這塵世中的是是非非，以後專心待我的寶貝老婆，給我生下十個兒女，快快樂樂過了這一生算了。」

呂姿被他說得陶醉得微閉雙目，喃喃道：「那種日子會有多好啊！不過，人家可不是豬玀，怎麼可以為你生下那麼多兒女呢？」說到這裡格格脆笑起來。

項思龍心中一蕩，把那怪手往呂姿胸前摸去，怪笑道：「那生七八個也無妨的呢！好姿兒，讓我們現在來玩生孩子的遊戲好嗎？」

呂姿臉紅如火，小手按住胸脯嬌羞道：「現在是大白天的，才不成呢！」

項思龍被她的嬌態挑起慾火，大感刺激，哈哈笑道：「你和我是在行周公之禮，有什麼不成的呢？」說著就伸手解她的襟扣。

呂姿渾身直抖，顫聲嬌咳道：「你這人啊，怎麼這麼色急？啊！現在饒過我好嗎？」

這時項思龍熟練的手，已解開了她上衣的扣子，襟頭敞了開來，露出了雪白的頸口和內衣。

呂姿呼吸急促起來，誘人的胸部劇烈的起伏著，秀目緊閉，一張櫻桃小口粗喘著香氣。

項思龍頓時慾火中焚，迅速把她的內衣往左右拉開，滑至肩膀處才停了下來，呂姿上身那一大截粉嫩豐滿並潔白如雪的胸肌和刀削般的香肩，毫無保留地呈現在他的眼前。

項思龍看得吞了一口唾液，用指尖輕劃著她那堅挺的雙乳，再繼而輕輕的揉捏起來。呂姿禁不住呻吟起來，雙手勾住他的頸膀，吻向項思龍那厚實的嘴唇。

項思龍攔腰將她抱起，往臥榻走去。

呂姿把俏臉埋在他的肩頭，劇烈的喘息著。

項思龍把她放在榻上，掀起她的下裙，露出渾圓堅實的大腿，輕吻起來。呂姿雙目泛起春潮，發出可令任何男人心動神搖的嬌吟。

項思龍俯下身來，在她耳旁低語道：「現在可以給為夫生兒子了嗎？」

呂姿無力的白了他一眼，嬌媚的沒好氣道：「希望老天不要讓我為你生個小色鬼出來。」說完又「撲哧」失笑，風情無限。

項思龍看得呆了一呆，嘖嘖讚道：「我的小姿兒剛才的姿態真是美極了呢！讓為夫看得色心大動。」

呂姿輕笑道：「你早就對人家動手動腳了嘛！」

項思龍笑道：「為夫還有一樣東西未對我的小寶貝動呢，啊！你生氣了嗎？那就讓你也對為夫動手動腳一番，做為補償吧！」

呂姿嬌羞不勝，撒嬌道：「我才懶得動你這大壞蛋呢。你看現在弄得人家成什麼樣子？」

忽而低下頭去看著自己裸露的胸前，蚊蚋般道：「你還不來繼續侵犯人家嗎？」

項思龍一聽心中大樂，慾火中燒，猛撲往呂姿身上，狠聲道：「想不到我的娘子竟也成為個蕩婦了。」

呂姿嗔道：「跟著你這個大色鬼，能不蕩嗎？」

項思龍沒好氣的道：「那我這個大色鬼就來泡你這個大蕩婦了。」

翌日中午，項思龍和呂姿正逗著大白小白，玩得甚是開心。

管中邪突然風風火火的闖了進來，臉色陰沉，劈頭劈腦的對項思龍說道：

「現在江北出了個勢力如日中天的項梁、項羽叔侄了。」

項思龍聞言驚得跳了起來，失聲道：「什麼？項羽也出世了！」

請續看《尋龍記》卷二　戰雲

無極作品集

# 尋龍記 卷一 回秦

作者：無極
發行人：陳曉林
出版所：風雲時代出版股份有限公司
地址：10576台北市民生東路五段178號7樓之3
電話：(02) 2756-0949
傳真：(02) 2765-3799
執行主編：劉宇青
美術設計：許惠芳
業務總監：張瑋鳳
出版日期：2024年9月
版權授權：蔡雷平
ISBN：978-626-7464-63-2
風雲書網：http://www.eastbooks.com.tw
官方部落格：http://eastbooks.pixnet.net/blog
Facebook：http://www.facebook.com/h7560949
E-mail：h7560949@ms15.hinet.net
劃撥帳號：12043291
戶名：風雲時代出版股份有限公司

風雲發行所：33373桃園市龜山區公西村2鄰復興街304巷96號
電話：(03) 318-1378　　傳真：(03) 318-1378
法律顧問：永然法律事務所 李永然律師
　　　　　北辰著作權事務所 蕭雄淋律師

行政院新聞局局版台業字第3595號 營利事業統一編號22759935


**定價：340元**　　

國家圖書館出版品預行編目資料

尋龍記／無極 著. -- 臺北市：風雲時代出版股份有限公司，2024.09 -- 冊；公分
ISBN：978-626-7464-63-2（第1冊：平裝）

857.7　　113007119